Durch Zufall beginnen Senthil Vasuthevan und Valmira Surroi ein Gespräch bei Facebook. Er lebt als Doktorand der Philosophie in Berlin, sie studiert Kunstgeschichte in Marburg. Sieben Tage lang erzählen sie sich von ihrem Leben, ohne sich zu begegnen. Ihre Nachrichten handeln von ihren Familien und ihrer Flucht aus Bürgerkriegsgebieten, von ihrer Kindheit im Asylbewerberheim und ihrer Schul- und Studienzeit.

Senthuran Varatharajah, geboren 1984, studierte Philosophie, ev. Theologie und Kulturwissenschaft in Marburg, Berlin und London. Sein Debütroman »Vor der Zunahme der Zeichen« ist 2016 bei S. Fischer erschienen. Er wurde u. a. mit dem 3Sat-Preis bei den 38. Tagen der deutschsprachigen Literatur in Klagenfurt, dem Bremer Literaturförderpreis 2017 und dem Adelbert-von-Chamisso-Förderpreis 2017 ausgezeichnet. Senthuran Varatharajah lebt in Berlin.

Weitere Informationen finden Sie auf www.fischerverlage.de

Senthuran Varatharajah

Vor der Zunahme der Zeichen

Roman

FISCHER Taschenbuch

Der Autor dankt der Studienstiftung des deutschen Volkes,
der Stiftung Künstlerdorf Schöppingen, der Akademie der Künste,
dem Literarischen Colloquium Berlin sowie dem Berliner Senat.

3. Auflage: Juni 2021

Erschienen bei FISCHER Taschenbuch
Frankfurt am Main, September 2018

Hedderichstr. 114, D-60596 Frankfurt am Main
Satz: Dörlemann Satz, Lemförde
Druck und Bindung: CPI books GmbH, Leck
Printed in Germany
ISBN 978-3-596-03342-3

Für Vlerë, zögerlich

»Woher bist du?« Jesus aber gab ihm keine Antwort.

Johannes 19:9

Unterhaltung heute gestartet

Senthil Vasuthevan 03:24

dein profil erschien gerade am rand, gelistet unter den *personen, die ich vielleicht kenne*. du kamst mir vertraut vor.

du scheinst auch in marburg studiert zu haben.

vielleicht sind wir uns dort begegnet.

Senthil Vasuthevan 03:25

vielleicht könnten wir uns dort begegnet sein.

Senthil Vasuthevan 03:27

kannst du dich erinnern?

Valmira Surroi 10:46

Ich erinnere mich nicht.

Valmira Surroi 12:58

Ich stehe am Rudolphsplatz und versuche mich zu erinnern, aber ich erinnere mich nicht an Dich.

Valmira Surroi 16:03

Vielleicht haben wir uns in einem Seminar gesehen, vielleicht im Trauma oder im Roten Stern.

Senthil Vasuthevan 16:56

im ersten semester bin ich oft im roten stern gewesen, beinahe täglich. nach einigen monaten, es könnte bereits mitte des semesters gewesen sein, fragte mich die buchhändlerin, nachdem ich die bücher auf den tresen gelegt hatte und sie sie zu scannen anfing, woher ich komme und ob ich mich *hier* oder in *meinem heimatland* wohler fühlen würde.

Senthil Vasuthevan 16:57

seitdem war ich nicht mehr dort.

Valmira Surroi 📱 17:41

Anfang des Jahres, von März bis April habe ich ein Praktikum in einer kleinen Galerie in Mitte absolviert.

Valmira Surroi 📱 17:41

Wir könnten uns auch in Berlin begegnet sein.

Senthil Vasuthevan 17:58

ich war von ende februar bis anfang mai in new york.

Senthil Vasuthevan 18:00

wir hätten uns hier nicht gesehen haben können.

Valmira Surroi 18:40

Mein Onkel und seine Familie wohnen in Boston, und letztes Jahr habe ich sie besucht. Ich fuhr mit meiner Cousine nach New York, wo wir uns ein Appartement in Williamsburg gemietet hatten. Es lag in der Metropolitan Avenue, die die Bedford Avenue und Berry Street kreuzt, in der Nähe des Nitehawk Cinemas und nicht weit von der Williamsburg Bridge entfernt, vielleicht bist Du auch schon einmal hier gewesen. Ich erinnere mich daran, dass ihre Arme und Beine angewinkelt waren und dass sie leicht nach vorne gebeugt liefen. Ihre Köpfe lagen auf gleicher Höhe und mit einigen Zentimetern Abstand von ihren Körpern getrennt, und ein Passant befand sich in Laufrichtung, der andere in der entgegengesetzten. Sie waren an mehreren Stellen auf den Fußgängerweg gemalt worden, ich glaube sechs- oder siebenmal, und vielleicht hast Du sie und den Satz gesehen, der auf der Mitte der Brücke mit einer Schablone zwischen ihre Köpfe gesprüht worden war. Ich weiß nicht, warum ich Dir das erzähle. Aber ich erzähle es Dir.

Ich bin über sie gelaufen. Früher, als ich noch ein Kind gewesen war, hatte ich gedacht, dass Atemwolken im Winter wie Sprechblasen aussehen würden, aber hier gab es keine, keiner hatte sie darumgemalt, und ich hatte gedacht, sie würden das, was in ihnen steht, schützen. Es wurde Abend. Es wurde Abend und die Passanten könnten den Satz zueinander oder nur zu sich selbst gesagt haben. Wir kamen aus Brooklyn und es sah aus, als würde einer mit dem anderen sprechen, während er über Kopf lag und ihm zuhörte, aber vielleicht könnte es auch anders gewesen sein, vielleicht sagt einer diesen Satz, oder beide sagen ihn gleichzeitig, nur aus verschiedenen Richtungen sprechend und in unterschiedlich gewendeten Wörtern. Als wir aus Manhattan kamen, sprachen beide in den auf den Kopf stehenden Buchstaben, nacheinander oder gleichzeitig, zueinander oder nur zu sich selbst: *we will be ephemeral.* Wir hatten bereits Alphabet City erreicht und saßen auf einer Bank im Tompkins Square Park, als meine Cousine mir auf ihrem Handy die Bilder und auch das von ihnen zeigte, und ich sah, dass auf der Brücke nicht stand, dass wir *flüchtig sind*, sondern dass wir *flüchtig sein werden.*

Deine letzten Nachrichten erinnerten mich an diesen Satz.

Valmira Surroi 18:50

Wir werden flüchtig sein – diese Worte fielen mir ein, während ich sie las.

Valmira Surroi 18:54

In einer Woche fahre ich mit meiner Familie nach Prishtina.

Auch meine Cousine wird dort sein.

Valmira Surroi 19:05

Kennst Du Paulina Friedrichs?

Sie hat auch Philosophie hier studiert.

Senthil Vasuthevan 19:08

paulina und ein freund haben vor einigen jahren ein referat zusammen gehalten.

Senthil Vasuthevan 19:10

sie wohnte mit yaosi zusammen, unserer einzigen gemeinsamen freundin hier auf facebook, wie ich sehe.

Senthil Vasuthevan 19:14

sie könnten auch aneinander vorbeisprechen, obwohl, das, was sie sagen, an den anderen gerichtet war.

sie könnten aneinander vorbeisprechen, *weil* es an ihn gerichtet war.

sie könnten gleichzeitig sprechen.

Senthil Vasuthevan 19:17

aber vielleicht stand dieser satz auch vor ihnen bereits dort, an dieser stelle, und beide passanten versammelten sich um ihn, aus verschiedenen richtungen kommend und ohne ein weiteres wort zu sagen.

Valmira Surroi 19:20

Yaosi hat mit mir vor einigen Jahren eine Vorlesung besucht.

Senthil Vasuthevan 19:24

das letzte mal haben wir kurz vor meinem umzug miteinander gesprochen, als wir uns zufällig vor dem neunzehnhundert über den weg gelaufen sind.

Valmira Surroi 19:28

Ich habe ein Semester lang im 1900 gekellnert.

Valmira Surroi 19:31

Im Sommer standen die Fenster offen, und manchmal, wenn nur wenige Gäste innen saßen, konnten wir von der Bar aus die Gespräche hören, die die Passanten auf der Barfüßerstraße miteinander geführt hatten.

Senthil Vasuthevan 19:48

ein freund hat in demselben gebäude gewohnt, in dem sich das neunzehnhundert damals befand und sich vermutlich auch heute noch befindet. abends, nach den veranstaltungen, gingen wir zu ihm, um mario kart und james bond – the world is not enough auf seinem nintendo vierundsechzig zu spielen, bis in den frühen morgen. keine geräusche, keine verständlichen geräusche aus dem neunzehnhundert waren in dem niedrigen zimmer, das von dunklen stützbalken ungleichmäßig geteilt wurde, zu hören, nur das murmeln, das von der barfüßerstraße aus das fenster erreichte und das gespräche einmal gewesen sein könnten, die sich verständlicher dir vielleicht zeigten; vielleicht habe ich dich im vorbeigehen gesehen. ich habe nur wenige minuten entfernt gewohnt, in der universitätsstraße achtundzwanzig, an der bushaltestelle philippshaus; das haspelgäßchen verbindet sie steil mit dem barfüßertor. als ich, nachts, es könnte drei oder vier uhr morgens gewesen sein, nach hause laufen wollte, habe ich von den stufen aus das feuchte kopfsteinpflaster gesehen, im umkreis schwächerer beleuchtung. unter dem orangefarbenen licht der straßenlaterne, die in der biegung des haspelgäßchens stand und vermutlich auch heute noch steht, betrachtete ich durch gerissene jeans das blut aufgeschürfter knie, das schwarz war und nicht glänzte.

Senthil Vasuthevan 19:50
kennst du hüseyin bayrak?

er war tutor an eurem institut.

Senthil Vasuthevan 19:52
du müsstest ihn hier in meiner freundesliste finden, unter einem anderen namen, sollte er seinen account nicht wieder gelöscht haben.

Senthil Vasuthevan 19:52
auf deiner seite steht, dass du kunstgeschichte und kulturwissenschaften studierst oder studiert hast.

Valmira Surroi 20:11

Ich erinnere mich an ihn. In der WG eines gemeinsamen Freundes stand ein Beamer, und manchmal haben er und seine Mitbewohner Freunde eingeladen. Ich glaube, wir hatten den letzten Teil von The Godfather gesehen, und später auf dem Balkon erzählte er mir von der Dokumentation, die er mit seiner Schwester nach seinem Abschluss drehen wollte, ich glaube, über ein türkisches Gesetz aus den zwanziger oder dreißiger Jahren.

Valmira Surroi 20:13

Er hatte eine kleine Narbe, die über seine linke Schläfe verlief.

Sie war kaum sichtbar, und sie sah aus wie ein Schnitt.

Senthil Vasuthevan 20:19

hüseyin ist auch promotionsstipendiat derselben stiftung.

Senthil Vasuthevan 20:19

ich wusste nicht, dass er mittlerweile auch hier lebt.

seine doktorarbeit untersucht das türkische familiennamensgesetz aus dem jahr neunzehnhundertdreiundvierzig, über das er immer noch eine dokumentation drehen will, die, von der er auch dir erzählt hat.

Senthil Vasuthevan 20:20
vorgestern haben wir mit freunden zusammen den neuen film von nicolas winding refn gesehen.

Valmira Surroi 20:21
Ich wusste nicht, dass Only God Forgives bereits im Kino läuft.

Senthil Vasuthevan 20:21
er wird übernächsten donnerstag erst anlaufen.

Valmira Surroi 20:21
Hast du The Believer gesehen, auch mit Ryan Gosling?

Senthil Vasuthevan 20:21
wir haben ihn im internet gefunden.

Valmira Surroi 20:22
Ich kann mich an den deutschen Titel nicht mehr erinnern.

Valmira Surroi 20:23

Als ich heute den Bus nach Hause genommen habe, müsste ich an Deiner alten Wohnung vorbeigefahren sein.

Ich bin nie im Haspelgäßchen gewesen.

Senthil Vasuthevan 20:24

wo wohnst du?

wo hast du in berlin gewohnt?

hüseyin hat mir the believer vor einiger zeit empfohlen.

Senthil Vasuthevan 20:25

ich wollte ihn in den kommenden tagen anschauen.

Valmira Surroi 20:30

Seit dem ersten Semester lebe ich in der Frankfurter Straße, im Südviertel.

Valmira Surroi 20:35

In Berlin hatte ich über einen Freund eine Wohnung in der Nähe des Winterfeldtplatzes gefunden. Im Gebäude nebenan befand sich ein koreanisches Restaurant, das Ixthys hieß, vielleicht kennst Du es. Abends, wenn ich nach Hause kam, habe ich Bulgogi oder Bibimbap zum Mitnehmen bestellt, und ich setzte mich an den Tisch direkt am Fenster und wartete. Es war warm. Es war warm und während ich dort saß, habe ich die Bibelverse gelesen, die an den Wänden standen und die mit roten, schwarzen und grünen Filzstiften in einer gleichmäßigen Handschrift auf Stoffbahnen geschrieben worden waren, und erst kurz nach meiner Abreise verstand ich, warum.

Valmira Surroi 20:43
Ich habe sie wiedererkannt.

Valmira Surroi 20:51
Manche Wörter darauf standen in Großbuchstaben, und einige Sätze schienen mit einem Lineal unterstrichen worden zu sein, so gerade waren die Linien.

Senthil Vasuthevan 21:08
von der brooklyn bridge aus kann man ein mehrstöckiges gebäude sehen, auf dessem dach in schwarzen großbuchstaben *watchtower* steht.

Senthil Vasuthevan 21:10
sie haben mich wiedererkannt.

Senthil Vasuthevan 21:10

wie lange wirst du in prishtina bleiben?

Valmira Surroi 21:17

Ende September werde ich wieder zurück sein.

Valmira Surroi 21:17

Die letzten beiden Woche verbringe ich mit Freunden im Süden Kosovos, in Prizren, in der Stadt, in der mein Vater geboren wurde und auch aufgewachsen ist.

Valmira Surroi 21:21

Wann bist Du das letzte Mal hier gewesen?

Senthil Vasuthevan 21:53

ein jahr nach meinem umzug habe ich eine freundin in marburg besucht. am abend vor meiner abreise liefen wir zufällig an dem haus vorbei, in dem ich fast drei jahre lang gewohnt hatte. ich stand auf der gegenüberliegenden seite, auf dem nach innen gewölbten bürgersteig, der an der haltestelle der form einer einbuchtung folgt, den maßen der busse entsprechend. die gardinen am eckfenster im zweiten stock waren zugezogen, und aus dem spalt, den sie ließen, konnten wir einen streifen, eine linie feinen lichts sehen, so wie auch mich passanten damals dort hätten sehen können und damals dort gesehen haben. wir überquerten die straße, über die keine fahrzeuge fuhren, und wir standen vor der tür und dem karierten glas, das unter einer vergitterung lag. ich berührte die klingel neben dem namensschild, ein stück papier, mundbreit und eingelassen in eine schwarze umrahmung, auf dem, unter keinem stück kunststoff, die nachnamen meiner früheren mitbewohner neben zwei unbekannten standen, ich habe die schrift nicht wiedererkannt, ich legte meinen zeigefinger auf die klingel, die grau war von berührungen, ich legte ihn auf den schmutz, den finger hinterlassen hatten; ich legte ihn darauf.

Senthil Vasuthevan 21:53

ich hatte nicht vor zu klingeln.

Valmira Surroi 22:09

Heute Nachmittag brachte mir eine Freundin zwei Bücher vorbei, darunter auch eines, das ich in einem Antiquariat in Schöneberg gefunden habe. In der Nationalbibliothek in Prishtina will ich mit meiner Masterarbeit beginnen, und hier werde ich es lesen. Sie wurde fast vollständig von einer Stahlvergitterung bedeckt, die einem Fischernetz nachempfunden war und mich anfangs, als ich das erste Mal zusammen mit meinem Vater einen der Lesesäle betrat, an ein Baugerüst erinnerte, das aus aneinandergereihten und übereinandergelegten Xen und Ys bestand, ich konnte sie nicht auseinanderhalten. Aus dem Fenster habe ich die Kathedrale gesehen, die etwas abseits der Bibliothek stand und die auch diesmal nicht fertiggestellt sein wird. Mein Vater stand neben mir, und er zeigte auf die Wohnhäuser mit den Satellitenschüsseln auf den Dächern, die wir in einiger Entfernung durch die Stahlmaschen sehen konnten. Er bewegte seine Hand von links nach rechts, und er sagte, dass er früher, wenn er hier lange gesessen hatte, manchmal geglaubt habe, dass es diese Gebäude seien, die unter der Vergitterung lagen, und nicht wir. Vor dem Rohbau senkte er den Arm.

Valmira Surroi 22:15

Während ihres Studiums haben meine Eltern sich in dieser Bibliothek auf ihre Prüfungen vorbereitet. Die weißen Glaskuppeln auf ihrem Dach erinnerten mich an eine Moschee und an die Qeleshe, die traditionelle Kopfbedeckung albanischer Männer, die auch mein Großvater auf dem Bild trägt, das vor mir hier auf dem Schreibtisch steht. Mein Vater war leise. Mein Vater war leise, und als ich das letzte Mal hier war, hatte ich mich an einen zufälligen Platz gesetzt und mit meinen Fingern fuhr ich die Maserung auf dem dunklen Holz nach, auf meine Hände fiel trübes Licht. Ich fragte mich, ob meine Eltern vielleicht auch auf diesem Stuhl gesessen und ihre Aufzeichnungen neben aufgeschlagenen Büchern in einen Notizblock geschrieben haben könnten, ich fragte mich, ob sie manchmal auch mit ihren Fingern diese Maserung nachgefahren waren, obwohl ich wusste, dass dieser Stuhl und dieser Tisch nicht dieselben waren wie damals.

Valmira Surroi 22:21

Ich weiß es auch.

Valmira Surroi 22:23

Ich weiß nicht, warum ich Dir das erzähle.

Senthil Vasuthevan 22:37

vor einigen tagen fand ich unter einem stapel notizblöcke eine karte, eine ansichtskarte, ihre unerwartete beschaffenheit. ich konnte die schrift, mit der sie beschrieben worden war, immer noch nicht lesen; ich konnte die landschaft auf ihrer rückseite, das aufgefaltete, das gespaltete gestein, keiner region zuordnen; risse, weißen zweigen nicht unähnlich, durchlaufen das bild, bruchstellenerhebungen, von rechts nach links und unten nach oben. ich strich über sie. regen schien die sätze verwischt zu haben. kein zeichen der versprochenen erlösung war zu entdecken. bis heute kenne ich weder inhalt noch absender dieser nachricht, bis heute weiß ich nicht, wie in diesen verschmierten zeichen der postbote einen empfänger, der ich, und eine adresse, die meine sein soll, einen empfänger, der ich, und eine adresse, die meine sein könnte, erkannt haben mag; vielleicht bin nicht ich der empfänger, vielleicht ist das nicht meine adresse gewesen.

Senthil Vasuthevan 22:38
deine letzten nachrichten erinnern mich an diese karte.

Senthil Vasuthevan 22:40
sie fiel mir ein, während ich sie las.

Valmira Surroi 22:46
Besitzt Du sie noch?

Valmira Surroi 23:00
Könnten wir uns vielleicht in der Zentralbibliothek gesehen haben?

Senthil Vasuthevan 23:08
ich bin nur einmal dort gewesen, zu einer führung am wochenende, bevor das semester begonnen hat.

Valmira Surroi 23:17

Im ersten Semester habe ich an Deinem Institut ein Seminar zu Heideggers Sein und Zeit belegt. Es wurde von nur wenigen Studenten besucht, kaum mehr als zehn waren dort, und Du gehörtest nicht zu ihnen. Ich setzte mich danach in Eure Bibliothek an den Tisch in der Nähe des Kopierers, mit Blick auf die Oberstadt und das Schloß, und bereitete mich auf die nächste Veranstaltung vor.

Senthil Vasuthevan 23:20

vielleicht habe ich dich, deinen rücken oder die spiegelung deines gesichts, vielleicht hast du mich über den kopierer gebeugt oder den papierstau, das zerknitterte papier, das vervielfachte, das sich vervielfältigende papier dort betrachtend, gesehen, flüchtig aus dem augenwinkel.

Senthil Vasuthevan 23:23

wer hat das seminar angeboten?

Valmira Surroi 23:26

Es waren zwei Doktoranden. Sie wirkten kaum älter als wir.

Valmira Surroi 23:27

Ich habe ihre Namen vergessen.

Senthil Vasuthevan 23:34
ich kann mich nicht erinnern, dass am institut in der zeit, in der ich dort studiert habe, heidegger gelehrt wurde.

Senthil Vasuthevan 23:35
seit wann wohnst du in marburg?

Valmira Surroi 23:48
Vor fünf Jahren bin ich hierhergezogen, in der letzten Woche, bevor das Wintersemester begann.

Es müsste an einem Donnerstag gewesen sein, an einem Donnerstag Mitte Oktober.

Senthil Vasuthevan 23:55
ende september zweitausendacht bin ich nach berlin gezogen.

Valmira Surroi 23:57
Wir sind uns also nie begegnet.

Senthil Vasuthevan 23:58
wir hätten uns nie begegnet sein können.

Valmira Surroi 15:01
Bist Du hier?

Senthil Vasuthevan 16:03
ich bin auf einer tagung.

Senthil Vasuthevan 16:05
in einer stunde beginnt das panel, auf dem ein freund sprechen wird.

Senthil Vasuthevan 16:40
ich hatte den raum nicht gefunden und kam zu spät zur einführungsveranstaltung für studierende des neuen masterstudiengangs. sie fand in einem kleinen hörsaal im hauptgebäude statt; die sitzreihen waren aufsteigend angeordnet und in zwei flügel geteilt. er saß direkt an der tür, ich setzte mich neben ihn. wir nickten einander zu, ohne ein wort zu sagen. in der woche darauf wurden wir in einem seminar derselben referatsgruppe zugeteilt und wir fingen an, uns regelmäßig um ein uhr nachts zum training im mcfit an der seestraße zu verabreden, ruhige hallen, in orangefarbenem licht. er hatte philosophie in paris studiert und war als erasmusstudent nach berlin

gekommen; vor dem ende seines auslandsaufenthaltes beschloss er, hierzubleiben, und er blieb. ich habe in dieser zeit noch im wedding gewohnt, in der reinickendorfer straße, in der nähe des verwaltungs- und laborgebäudes von bayer, er wohnte nur eine station entfernt. am leopoldplatz trafen wir uns an anderen tagen mitten in der nacht oder am frühen morgen spontan bei baba sultan, einem restaurant, das einem imbiss ähnelt und das wir noch heute *sultan baba* nennen, ohne erkennbaren grund. wir bestellten immer die gleichen gerichte, er mercimek, ich kelle paca, dazu aßen wir lahmacun und tranken frischen ayran und, bevor wir gingen, ein glas cay, er mit zwei würfeln zucker, ich ohne. wenn er läuft, hat er die angewohnheit, den blick auf den boden, auf den asphalt zu richten; ich aber würde immer nur den himmel, den leergeräumten himmel anschauen. es lag eine mischung aus unverständnis und ungläubigkeit in seiner stimme, als er das in den ersten monaten wiederholt sagte, eher zu sich selbst als zu mir, aber vielleicht war es beides, unverständnis und ungläubigkeit, das eine und das andere, das eine *im* anderen, vielleicht auch weder dies noch jenes; er hat es lange nicht mehr gesagt. wir haben am institut für theologie zwei semester lang einen altgriechischkurs belegt.

Senthil Vasuthevan 16:55

anfang des jahres, im januar, als ich noch nicht abgereist und auch noch nicht nach kreuzberg gezogen, wieder gezogen war, saßen wir am abend vor der einsendefrist des call for papers am tisch, an dem wir immer saßen, im raucherbereich, obwohl keiner von uns beiden mehr raucht. es ist der einzige platz an einem fenster, das nicht dem hinterhof zugewandt ist und von jalousien verschlossen wird, sondern die luxemburger straße zeigt, passanten und die risse auf den wölbungen des belags, auf die bewegtes licht von leuchtreklamen fiel; das fenster war undicht. er gab mir die letzte fassung des abstracts auf seinem ipad zu lesen und nannte eine reihe von titeln, fünf oder zehn, auf einem gelben notizzettel mit rotem fineliner geschrieben, die er in die engere auswahl für den vortrag genommen hatte, darunter auch ein zitat, das auf den aufzeichnungen eines gesprächs zwischen wittgenstein und dem wiener kreis beruht und zu dem ich ihm riet, ohne zögern: *und trotzdem rennen wir gegen die grenzen der sprache an.*

Senthil Vasuthevan 16:57

niemand wird wissen, von welchen rändern wir aus sprechen, und dass wir darüber sprechen können, ändert nichts daran.

Senthil Vasuthevan 16:59

ich werde dir schreiben, sobald ich wieder zurück bin.

Valmira Surroi 08:50

In einer Stunde beginnt mein letztes Seminar.

Die Biographie des Asyls – Das Asyl der Biographie

Valmira Surroi 09:00

Wir werden ein Gespräch mit einem *ehemaligen Flüchtling* führen, so steht es im Vorlesungsverzeichnis.

Valmira Surroi 09:13

Im Asylbewerberheim wurden jeden Montag gelbe Nahrungsmittelpakete verteilt. Als ich noch nicht die Schule besuchen durfte, holte ich sie morgens mit meinem Vater in der Gemeinschaftsküche ab, wo sie auf dem Fußboden übereinandergestapelt lagen, wie eine Pyramide. Die Tischdecke war blau mit weißen Punkten darauf, und ich erinnere mich daran, dass ich dachte, sie würde wie ein Kleid aussehen, das eine meiner Tanten besessen hatte, damals, in Prishtina. Wir warteten. Wir warteten im Eingangsbereich, ohne ein Wort zu sagen. Unser Zimmer lag im zweiten Stock neben einem vergitterten Fenster. Wir waren noch nicht lange hier in Deutschland. Auf der Rückseite des Kartons schrieb ich meinen Namen. Auch die Farbe des Filzstifts war gelb.

Senthil Vasuthevan 09:27

im asyllandheim begannen zeugen jehovas uns zu besuchen, *geistige speise* in der ballung einer ausgestreckten hand. fünfzehn jahre sollten wir in ihrer mitte bleiben, in der *wahrheit aufwachsen*, wie es in ihrer sprache hieß. sie wussten, dass asylbewerber auf jemanden angewiesen waren, der sie zur ausländerbehörde begleiten und ihre anträge übersetzen und ausfüllen konnte, auf jemanden, der weder schrie noch schwieg.

Senthil Vasuthevan 09:32

mein vater fing an, seine zeit mit einer schwester zu verbringen, die, von einem bruder aus der örtlichen versammlung begleitet, den wachtturm und erwachet, *geistige speise*, wie schwester katharina sagte, jeden samstag in verschiedenen sprachen im asyllandheim verteilte. sie zeigte ihm aufgeschlagene seiten, durch einen rahmen und durch geteilte räume gereicht, glattes papier, mit zeichen bedruckt, die er monate zuvor bereits verlassen zu haben glaubte und die wiederkehrten, angekündigt von entschlossenem klopfen, an dieser tür. die wände waren dünn und mit filzstiften beschmiert. ich erinnere mich.

Senthil Vasuthevan 09:45

und sie legte ihm ein buch in die ungeduld seiner hände. schwarz, fast matt war der ledereinband, eine wortreihe darauf, körnig die gegerbte haut, in die eine vorhersage und ein versprechen, die *neue welt übersetzung der heiligen schrift*, auf tamil eingestanzt war, eine prägung, die finger nachfuhren, allmählich; die schnittfläche war rot. zweimal wöchentlich, mittwochs und freitags, las er unter schwester katharinas anleitung die bibel, zunächst in der englischen übersetzung und auch später nicht auf deutsch; das *bibelstudium*, wie zeugen jehovas es nannten, fand in ihrer wohnung statt. er wartete vor dem zaun abseits des eingangs auf sie. als er an einem sonntag nach dem besuch des königreichssaals den aufgewellten linoleumbelag des zimmers betrat, in dem wir untergebracht waren, sah er seine frau auf einem stuhl vor dem offenen fenster stehen, im halbschatten des rückwärtigen raumes. aus eifersucht, sagte sie jahre später, wollte sie aus dem vierten stock fallen, damals, im fünften, vielleicht auch sechsten monat schwanger. ich schenkte ihren worten keinen glauben.

Valmira Surroi 10:12

Als sie das erste Mal kamen, hatten sie eine Packung Stifte dabei, die nach Farben geordnet waren, und einen weißen Plüschhasen, an dessem rechten Ohr ein kleiner Metallknopf steckte, eine gelbe Fahne mit rotem Schriftzug daran. Seine Augen waren braun. Meine Eltern saßen mit ihnen an dem kleinen Tisch, der in unserem Zimmer direkt am Fenster stand, und sie redeten mit meiner Tante und meinem Onkel in einer Sprache, von der ich nichts wusste außer einem Namen, *anglisht*, so hatte meine Mutter sie früher, als wir in Prishtina lebten, einmal genannt, und sie sagte ihn zweimal. Sie begleiteten uns zur Ausländerbehörde und füllten zusammen mit meinen Eltern unsere Anträge und Formulare aus. Ich erinnere mich nicht daran, wann ich genau damit anfing, sie *Tante* und *Onkel* zu nennen.

Valmira Surroi 10:14

Erst vor kurzem erzählten mir meine Eltern, dass sie damals überlegt hatten, mich zur Adoption freizugeben.

Die Entscheidung über unseren Antrag stand noch aus.

Valmira Surroi 10:14

Er ist hier.

Valmira Surroi 11:58

Ismail wollte einen Brief verschicken. Er war an seinen ältesten Bruder adressiert, der zum türkischen Militärdienst einberufen wurde. Die Gendarmerie winkte den Bus heraus und kontrollierte die Passagiere. Bevor der Gendarm ihn mit einem Taschenmesser öffnete, habe er den Umschlag wie einen Schein gegen den Himmel gehalten. Als er ihn aufschnitt, sah er ihm in die Augen, und er sagte, es würde nicht lange dauern, es sei gleich vorbei. Ismail hatte den Brief auf Türkisch geschrieben, und ein oder zwei Sätze darin sollen in seiner Muttersprache Kurmandschi gestanden haben, er ist Kurde. Während er las, stand er vor ihm, und er habe den Boden betrachtet, und er beschrieb ihn, das wenige Gras in der Erde, auf dem er wartete und das noch feucht war vom Regen. Der Gendarm nahm seine Personalien auf. Er ließ ihn wieder gehen.

Valmira Surroi 12:02

Ismail sagte, dass es still im Klassenzimmer war, als sie ihn am nächsten Morgen holen kamen.

Sie klopften nicht an.

Er habe den Stift noch in der Hand gehalten.

Valmira Surroi 12:03

Eineinhalb Jahre saß er in einem ostanatolischen Gefängnis.

Sie brachen ihm vier Finger.

Valmira Surroi 12:05

Seit zehn Jahren betreibt er einen kleinen Imbiss in Gießen.

Valmira Surroi 12:12

Er zeigte uns den Brief, den er damals von der Ausländerbehörde geschickt bekommen hatte und in dem ihm die Verlängerung seiner Aufenthaltserlaubnis mitgeteilt worden war.

Valmira Surroi 12:16

Er sagte, er bewahre ihn zur Erinnerung auf.

Valmira Surroi 13:42

Ich erinnere mich an Prishtina, an unseren ersten Besuch seit der Flucht. Wir fuhren in einem roten Alfa Romeo, den unser Vater einen Monat zuvor in einem Zeitungsinserat gefunden hatte. Verwandte kannte ich nur noch aus Erzählungen und von Fotos, die früher, als wir im Heim wohnten, in einem Briefumschlag lagen. Sie waren zerknittert. In den letzten Tagen kurz vor den Sommerferien versuchte ich, jedem Gesicht einen Namen zuzuordnen. In unserer ersten Wohnung hier in Deutschland hing an der Wand über dem Sofa ein Bild mit der Familie meiner Mutter darauf, meine Großeltern mit ihren fünf Kindern, sie saßen an einem Tisch. Der Rahmen war aus Metall. Ich legte meinen Finger auf das Glas, und der Reihe nach nannte ich ihre Namen.

Valmira Surroi 13:49

Wir fuhren in eine Einfahrt und von hier aus konnte ich sehen, wie jemand am Fenster stand und auf die Straße sah. Mein Vater sagte, wir sollten uns zu erkennen geben, und meine Schwester presste ihr Gesicht an die Scheibe und mit beiden Händen begann sie zu klopfen. Sie fragten mich, ob ich mich noch an sie erinnern könne, an die Tante, die mir das Lesen und Haareflechten beigebracht, und an den Cousin, der aus Prizren kam und mir damals in unserer Küche gezeigt hatte, wie man die behaarten Zweige der Weißtanne zeichnet, *Bredhi i bardh* ist ihr Name, und er wiederholte meinen drei- oder viermal. Sie küssten uns. Kein Gesicht ähnelte dem auf den Bildern.

Senthil Vasuthevan 14:23

ich erinnere mich an oslo, an unseren ersten besuch, april neunzehnhundertfünfundneunzig, mit meinen brüdern, mit unserer mutter. als mein cousin, ihr neffe, siebzehn jahre jünger als sie, die möblierte studentenwohnung schlüsseldrehend betrat, die er gemeinsam mit seiner schwester wenige wochen zuvor erst bezogen hatte, versteckte sie sich in einem winkel der küche, in der sie das abendessen zuzubereiten begann. zum ersten mal sollte sie ihn nach fünfzehn jahren wiedersehen, zum ersten mahl, seit sie beschlossen haben musste, die grenzen und gesetze der götter zu übertreten, das erste mal meiner mutter. die hohle form ihrer handflächen behielten ihr gesicht. sie küsste ihm die füße, und er erkannte sie wieder, gleichwie auch wir von ihm erkannt worden waren, später, von angesicht zu angesicht, bereits vor der geburt. sie bat ihn, ihren neffen, siebzehn jahre jünger als sie, um vergebung. alles, versicherte sie, unterdessen ihre finger seine füße, auf denen ihr kopf zu liegen versuchte, festhielten, stirn voran, alles würde sie geben, um ihr vergehen ungeschehen, es rückgängig machen lassen zu können. mein bruder stand, so wie ich es vor drei jahren von ihm hörte, im dunkelbraun des türrahmens, angelehnt, während mein älterer bruder und ich den pulvrigen grundriss eines iglus jenseits beschlagener fenster in den schnee zeichneten, der eine wiese bedeckt hielt, gleichmäßig, gleichmäßig und von der geräuschlosigkeit der finger nicht gestört; körper in rückengebeugter form, ohne die spur eines namens. die haut auf den unvorbereiteten händen fror nicht.

Senthil Vasuthevan 14:26

es hat lange gedauert, bis ich verstanden habe, dass das wort *asyllandheim*, das nicht nur meine eltern immer noch benutzen, das nach *schullandheim*, nach ausflug und ausgelassenheit klingt, eigentlich *asylantenheim* heißt.

Valmira Surroi 14:41

Ich weiß nicht, was ich zu Deiner Geschichte sagen soll.

Senthil Vasuthevan 14:42

es ist nicht meine geschichte.

Valmira Surroi 14:59

Ist der Mann auf dem Profilbild Deines Bruders Euer Vater?

Senthil Vasuthevan 15:00

er könnte auf dem foto vielleicht dreiundzwanzig gewesen sein.

Valmira Surroi 15:00

Du ähnelst ihm nicht.

Senthil Vasuthevan 15:01

wenn er keinen oberlippenbart tragen würde, sähe er mir, nein, ich ihm sehr ähnlich.

Valmira Surroi 15:06

Als mein Vater früher einige Wochen krankgeschrieben war, betete ich jeden Abend vor dem Einschlafen zu Allah, er möge mich am nächsten Morgen auf dem Weg zur Schule von einem Auto überfahren lassen. Ich wollte immer vor ihm sterben. Nachts schlich ich an das Bett meiner Eltern und legte meine Hand auf seine Stirn, sie war verschwitzt, ich wollte sie mit meinem Ärmel trocknen. Ich beugte mich über sein Gesicht und hielt mein Ohr an seine Nase und seinen Mund. Ich wollte wissen, ob er noch atmete. Seine Hände auf der Bettdecke sahen wie zwei frisch ausgegrabene Wurzeln aus, auf die von draußen das Licht der Straßenlaterne gefallen war. Die Gardinen waren nicht ganz zugezogen, und zwischen seinem Bart und meiner Wange lagen nur ein paar Zentimeter.

Senthil Vasuthevan 15:19

als ich damit rechnete, die sechste klasse wiederholen zu müssen, borgte ich mir, drei wochen vor der zeugnisausgabe ende juli, das samuraibuch meines älteren bruders, band vierundneunzig der sachbuchreihe was ist was. die doppelseite, auf der der ritus des seppuku beschrieben und bebildert wurde, las ich aufmerksam, immer wieder; die aufgeschlagene gegenwart des holzschnitts, tagelang, bis in den schlaf; eine sekunde, die die zeit öffnen wird. in ihrer mitte war die zeremonie gefaltet. jede zeile habe ich mit meinem zeigefinger unterstrichen, sätze, nachgefahren, von links nach rechts, absetzend, von links nach rechts, dem bruch der zeilen folgend; abwärts, langsam. meine verschwitzten hände ließen sie wellig werden und nahmen der abbildung ihre farben. langgestreckte rauten nicht geernteter weizenfelder, ein waldstück lag dahinter, grenzten an das mehrfamilienhaus, in dem meine eltern eine eigentumswohnung neunzehnhundertsechsundneunzig gekauft hatten. ich hatte bereits einen platz gefunden, an dem ich am letzten schultag sitzen wollte; der stamm war an einigen stellen morsch; er war von keinem fenster aus zu sehen. sechs zentimeter, etwa sechs zentimeter unterhalb des bauchnabels werde die klinge von links nach rechts geführt, sprach ich mit bereits angebrochener stimme lautlos zu mir selbst, im bett den schlaf erwartend, etwa sechs zentimeter unterhalb des bauchnabels müsse die klinge von links nach rechts geführt und langsam aufwärts gezogen werden. es hätte nur wenige augenblicke gedauert. das messer, das ich am vorabend der zeugnisausgabe aus der küchenschublade genommen hatte, lag, silber und geduldig, in meinem dunkelgrünen eastpak, zwischen federmappe und brotzeitbüchse, ungeschützt.

Valmira Surroi 15:37

Vor drei Jahren habe ich ein Semester in Tokyo verbracht. Mit einem Freund fuhr ich über Nacht nach Osaka und am dritten Tag nach Mino, einer Stadt nördlich davon, wir blieben einige Stunden. Als wir das Gelände des Katsuo-jis betraten, konnte ich bereits die Darumas sehen, von denen er mir während der Fahrt erzählt hatte, runde Glücksbringer aus rotem Pappmaché, die verstreut lagen, auf Steinen und im Gras abseits der Stufen, vor Baumstämmen und auf den Balken des Fachwerks, in Gruppen, aber auch alleine, und die ich das erste Mal in einem kleinen Verkaufsstand vor dem Senso-ji, dem ältesten buddhistischen Tempel Tokyos gesehen habe. Sie sollen Bodhidharma darstellen, einen tamilischen Mönch aus Indien. Er habe sich seine Augenlider abgeschnitten, nachdem er während des Meditierens eingeschlafen sei. Den Darumas aber fehlen nicht nur Lider, sondern auch Pupillen. Ein Kreis wird mit schwarzer Farbe in das rechte Auge gemalt, nachdem ein Wunsch ausgesprochen worden ist, ein anderer in das linke, sobald er in Erfüllung geht, und er saß am Fenster und berührte erst eine und dann die andere Fläche, als er es auf der Rückfahrt zu mir sagte. Zum Ende des Jahres werden sie zu dem Tempel, in dem sie gekauft wurden, zurückgebracht und verbrannt. Meiner aber steht hier neben dem Schreibtisch auf den Dielen dieses Zimmers. Seine blinden Augen zeigen zu mir. Sie schauen mich an.

Valmira Surroi 16:04

Ich möchte Dir meine Familie zeigen.

Du wirst ein Bild von uns auf meiner Chronik finden.

Valmira Surroi 16:04

Von links nach rechts: Eliona, Nena, ich und Baba.

Valmira Surroi 16:05

Es wurde vor zwei Monaten auf der Zeil in Frankfurt geschossen.

Senthil Vasuthevan 16:10

du siehst ihnen ähnlich.

Valmira Surroi 16:30

Ich sei meiner Mutter wie aus dem Gesicht geschnitten, soll der Arzt nach meiner Geburt zu ihr gesagt haben.

Sie hatte vier Geschwister.

Valmira Surroi 16:36

An der Wand in unserem Wohnzimmer hängt ein Foto von ihnen. Sie stehen vor dem Kulla e Sahatit, dem Uhrturm von Tirina, der gleich neben der Et'hem Bey Moschee erbaut wurde. Als wir das erste Mal in Albanien waren, fragte ich sie, ob sie mir die Stelle zeigen könne, auf der sie auf dem Bild zu sehen sind, und wir gingen zum Skanderbeg Platz in der Innenstadt und ich betrachtete den Boden, auf dem sie gestanden hatten und den ich auf dem Bild nicht sehen konnte, das meine Eltern in einem Umschlag mit nach Deutschland genommen hatten, es soll darin gewesen sein. Meine Mutter sagt, ich hätte nach meiner Geburt nicht geschrien. Das Minarett war höher als der Turm, und der Schatten ihrer Bleistiftspitze ist in das Bild gefallen.

Senthil Vasuthevan 17:17
ich habe einige fotos hochgeladen.

du findest sie in einem album.

Senthil Vasuthevan 17:17
nur du kannst es sehen.

Senthil Vasuthevan 17:22
sieh dir das erste bild an. es ist schwarz und weiß und auf ihm stehen, soweit zu erkennen, meine mutter und ihre geschwister hinter einem tisch, auf dem geschenke und andere gegenstände zu liegen scheinen, nebeneinander und über die breite der platte. einige gesichter sind verblichen, und zwei oder drei könnten zerkratzt worden sein, mit einer münze vermutlich, mit einer schere vermutlich, mit einem daumennagel, vermutlich.

wer könnte sie sein, meine mutter?

Valmira Surroi 17:31

Das kleine Mädchen in der ersten Reihe, das zweite von links, das, das seinen rechten Arm auf dem Tisch abstützt.

Sie sieht weg, dorthin, wo kein anderer auf dem Bild hinsieht.

Valmira Surroi 17:32

Ist sie es?

Senthil Vasuthevan 17:33

sie war es.

Senthil Vasuthevan 17:46

sieh dir das zweite bild an. es ist farbig und die ecken sind gerundet. zwei kleinkinder sitzen auf dem schoß eines helleren körpers. der junge im blauen t-shirt ist mein älterer bruder gewesen. seine linke umfasst am gelenk die rechte hand eines mädchens, das einige jahre jünger als er zu sein scheint; es trägt rosafarbene socken und eine art rüschenkleid, rosabepunktet. das weiß der hände, das die rechte meines bruders wie eine schlange am genick packt und die linke des mädchens nur zögerlich berührt, gehörte katharina, schwester katharina. ihr kopf fehlt. allein gebündelte locken, vom oberen rand kastanienbraun in das foto fallend, lassen vermuten, dass, jenseits dieses bildes, noch etwas zu erwarten sein könnte. das mädchen sieht weg, dorthin, wo dessen bruder nicht hinsieht und schwester katharina nicht hinsehen kann.

Senthil Vasuthevan 17:54

meine mutter wollte eine tochter und sie bekam eine tochter. sie zog mich an, wie nur mädchen angezogen wurden, bis ich drei jahre alt war. man hielt mich für ein geschenk, so wie auch sie für ein unerwartetes geschenk gehalten worden war, damals, in jaffna, zweiundzwanzig jahre vor dieser niederkunft. meine großeltern hatten acht kinder; sie war das jüngste. in mir wollte sie sich selbst anschauen, ihr ebenbild erkennen und in demselben zur einheit mit sich, zur reinheit wieder zurückkehren. sie hat mich mit einem mädchennamen angesprochen; und ich weiß, ohne mich erinnern zu können, dass ich zu der wurde und geworden sein muss, die sie gerufen hatte; und ich wurde es immer wieder. in diesem körper wollte sie zurückkehren, dreiundzwanzig jahre zurück, in ein anderes viertel dieser stadt, in der sie es zur welt brachte, dreiundzwanzig jahre zurück, in eine zeit, in der von ihr noch gesprochen wurde, in der man mit ihr noch sprach.

Valmira Surroi 18:10

Meine Mutter hat mir von ihrer Schwangerschaft erst Wochen nach unserer Ankunft erzählt. Unser Heim lag in einem Wald hinter einem hohen Zaun mit Stacheldraht darauf, hier haben wir gespielt. Kurz nach Elionas Geburt kam eine Hebamme zu mir in den Besucherraum. Die ersten deutschen Wörter, die ich sprechen und verstehen konnte, brachten mir Onkel Wilhelm und Tante Elisabeth bei, und früher habe ich einen Buchstaben verschluckt, wenn ich sie mit ihrem Namen angesprochen habe, und noch heute kommt es manchmal vor, dass ich sie *Elsbeth* nenne, wie damals, im Heim. Die Hebamme kam in den Besucherraum und sie nahm mich an der Hand. Sie führte mich durch einen langen Gang in ein Zimmer, in dem meine Mutter in einem Bett lag. Ihr Oberkörper wurde durch das hochgestellte Kopfteil leicht aufgerichtet und sie schaute meinen Vater an, der am Fenster saß und Eliona in seinem Arm hielt, sie war in ein weißes Handtuch gewickelt. Er sagte, ich solle näher kommen. Ich wusste nicht, woher meine Schwester kam, und auch nicht, wie sie zu uns gekommen war, meine Eltern hatten nie mit mir darüber gesprochen. Eliona sah aus wie ein Luchs. Ein zartes Fell lag auf ihren Ohren.

Senthil Vasuthevan 18:30

wir standen auf der brücke am eingang des spielplatzes, der gegenüber der sozialwohnung, die wir nach dem letzten aufenthalt in einem asyllandheim beziehen durften, lag, von einer verkehrsberuhigten straße nur getrennt. ein freund hatte die zeitschriften seines vaters gefunden. wir rätselten nicht über die aussprache des unbekannten namens, der links oben auf dem cover stand, weiß auf rot. das logo, ein pfeil, der nach rechts anstieg, die spitze war breit, besaß dieselbe neigung wie der akzent auf dem letzten buchstaben. er und mein älterer bruder nahmen den beutel und gingen in einen der tunnel, betonröhren, drei meter tief und nur in gekrümmter haltung betretbar, die an beiden enden eines hügels eingelassen waren; in ihrer mitte sammelte sich der rest der tage, grashalme, sand, die letzten spuren des regens. ein anderer freund, er war ungefähr in meinem alter, blieb mit meinem jüngeren bruder und mir auf der brücke zurück, und wir hörten das echo ihrer gerundeten stimmen aus der verborgenheit, als wir warteten, ohne eine wort zu sagen; wir seien noch zu jung. nach einer halben stunde kamen sie wieder und sie erzählten uns, was sie gesehen hatten, die unbekanntheit des körpers und die noch namenlose geschichte unserer herkunft, von der im königreichssaal nur als *zeugung* gesprochen wurde; eliud zeugte eleasar, eleasar zeugte mattan, mattan zeugte jakob, jakob zeugte josef, den mann der maria, von der geboren ist jesus, der da heißt christus; unsere heimatversammlung lag siebzehn kilometer von uns entfernt. sie benutzten ihre hände zur veranschaulichung, in deren ballen kleine steine zu sehen waren, grau und matt und in die haut gegraben.

Senthil Vasuthevan 18:33

später auf dem gymnasium habe ich gelernt, dass der accent aigu als diakritikon, als ein an buchstaben angebrachtes kleines zeichen, nur auf dem e stehen könne.

Valmira Surroi 18:40

Wenn sich jemand im Fernsehen küsste, mussten wir umschalten.

Senthil Vasuthevan 18:40

oder die augen verschließen; durch den spalt, den die lider oder finger vor unseren gesichtern gelassen haben, konnten wir das verbrechen gerade noch beobachten.

bis heute weiß ich nicht, was *miteinander schlafen* auf tamil heißt.

Valmira Surroi 18:43

Ich weiß nicht, warum ich Dir schreibe.

Senthil Vasuthevan 18:45

die gegenstände, die wir berühren, berühren uns zurück, an stellen, an denen wir taub für sie sind. die dinge, die wir sehen, sehen zurück, an stellen, an denen wir blind für sie sind.

wir fassen sie ins auge. sie stechen uns ins auge.

aber wir merken nichts.

Senthil Vasuthevan 18:49

ich habe ins leere geschrieben. und du schreibst zurück, an stellen, an denen ich blind und taub für dich bin.

Senthil Vasuthevan 19:07

mein älterer bruder brachte mir bei, dass staubsauger nicht *saugstauber*, eine fata morgana nicht *vatermord ghana* und eine statue nicht *statul* heißen. ich hatte gehört, wie meine mutter zu ihm sagte, er solle nachsehen, ob ich vorankomme. er stellte sich hinter mich, während ich am tisch saß und schreiben lernte. mein füller war dunkelblau und von lamy und er verrutschte zwischen meinen fingern. meine schrift verrutschte. meine sprache verrutschte. und in die zeichen und zeilen ging kein geräusch. so schreibt man nicht; niemand würde so schreiben; ich zeige dir, wie man schreibt. er nahm den füller aus meiner hand. er griff in meinen mund. er zog meine zunge heraus. ein wort wie *statue*, das mit zwei aneinandergereihten vokalen und nicht mit der diskretion eines konsonanten abschließt, es schien, als läge kein abstand, nicht einmal die vage grenze der haut zwischen diesen buchstabenkörpern, konnte ich mir nicht vorstellen; ich war nicht bereit, es in meinen wortschatz aufzunehmen.

aber er stand hinter meinem rücken, während ich schreiben lernte, die linke hand auf der schulter, und sprach, und ich sprach und schrieb ihm nach, bis jedes wort wieder verrutschte.

Senthil Vasuthevan 19:11

vokalzeichen werden in der tamilischen grammatik *uyir eluttu*, *seelenbuchstaben*, konsonanten *mey eluttu*, *körperbuchstaben*, genannt. die konsonant-vokal-verbindungszeichen heißen *uyirmey eluttu*: *buchstaben mit körper und seele.*

Valmira Surroi 19:23

Eliona war drei, als sie ihr erstes Wort sagte. Sie besuchte zweimal wöchentlich einen Logopäden, zu dem ich sie nachmittags gleich nach der Schule brachte, wir liefen durch den Wald bis zur nächsten Station. Die Sitzung wurde mit Übungen zur Stärkung der Zungenmuskulatur begonnen. Meine Schwester saß auf einem gelben Kinderstuhl, den Oberkörper gestreckt, und ich konnte sehen, wie sie ihre Zunge zwischen den Mundwinkeln hin und her bewegte, ehe sie mit der Behandlung anfingen. Während der zweiten Sitzung musste ich das Zimmer verlassen. Der Logopäde sagte, ich dürfe nicht an ihrer Stelle sprechen. Er sagte, ich solle sie aussprechen lassen, und er schickte mich zurück in den Warteraum, wo ich blieb, bis die Stunden vorbei waren.

Valmira Surroi 19:26

Sprichst Du Tamil?

Kannst Du es schreiben?

Senthil Vasuthevan 19:51

im kindergarten hätten wir tamil zu sprechen aufgehört, den erzählungen unserer eltern zufolge. noch heute führen sie dieses vergessen und verlassen unserer muttersprache auf das schwärmen deutscher mädchen zurück; sie hätten unsere haut und unsere haare berührt, die ganze zeit. ich kann mich an sie nicht erinnern. wenn ich anrufe meiner eltern entgegennehme, der namenlosen nummer sind gesichter zugeordnet, besteht das, was ich sage, aus erfundenen geräuschen, zusammengeworfen aus tamilischen, deutschen und englischen silben, zusammengewürfelt aus dem, was übrig blieb. ich kann ihnen nicht ins wort fallen; ich kann ihnen nicht widersprechen. es gibt keine sprache, die zu sprechen erlaubte. es gibt nichts zu besprechen.

Senthil Vasuthevan 20:05

das einzige wort, das ich in tamil noch schreiben und lesen kann, das einzige, das überdauert, heißt *amma* – mutter; an der stelle, an der es, nach den regeln deutscher grammatik, getrennt werden kann, auf der fläche, die die doppelung der buchstaben bildet, pausiert der atem, die aussprache ruht, der mund ist verschlossen für die sekunde eines teilbruchs, fast wie im wort *nummer.* in dem lehrbuch, das meine eltern zu unserem unterricht verwendeten, war das das erste wort, das gelernt werden, das erste, das eine kinderhand formen lernen sollte. mit ihm beginnt die sprache, das sprechen und das schreiben gleichermaßen; stimme und schrift stehen in diesem anfang. als kind empfand ich eine unbekannte lust daran, diese buchstaben in bewegten bögen mit unzuverlässigerer hand zu zeichnen. ihre gestalt erinnerte mich an die formen meiner mutter, sie schien ihr nachgebildet worden zu sein und ihren körper nachahmen zu wollen. auch diese zeichen tragen saris, deren stoffe je nach windlaut wehten: kugelschreiberschwarze seide, sechs meter lang; die schmuckborte am fußläufigen saum glänzte.

Valmira Surroi 20:32

Ich erinnere mich an früher, an meine Kindheit, an den Tag, an dem wir die Silbentrennung lernten. Unsere Lehrerin zog einen Strich, von oben nach unten, die linke Seite war breiter als die rechte. Eine Freundin sollte nach vorne kommen und den Satz schreiben, den ihr ein Mitschüler aus unserem Deutschbuch vorlas. Sie rief sie. Sie rief sie bei ihrem Namen und sie stand auf und ein Wort wurde von der Linie geteilt. Sie lief zurück und sie setzte sich. Es war das erste Mal, dass ihre Eltern es erlaubten, dass ich sie bei ihnen zu Hause besuchen durfte. Jeder in meiner Klasse wusste, wo und wie wir wohnten, aber sie wussten es nicht von mir. Als sie zu Abend aßen, sagte ihre Mutter, ich solle in ihrem Zimmer warten, und ich wartete. Es war ein Freitag und Tante Elisabeth holte mich ab. Sie fuhr mich zurück ins Heim. Meine Mutter saß mit überkreuzten Beinen am Tisch und sie strickte einen dunkelgrauen Schal für meinen Vater, den ich ihn nie tragen gesehen habe, die Wolle reichte nicht aus, und vielleicht wusste sie es schon, bevor sie damit anfing. Sie fragte mich, ob ich schon zu Abend gegessen hätte, und ich sagte, wir aßen schwarzes Brot. Ich erinnere mich an den Geruch von Pasul. In unserem Zimmer lag ein hellbrauner Teppich, den wir mit in unsere erste Wohnung nahmen, und kurz bevor wir auszogen, habe ich mich auf den Boden gesetzt und Eliona zu mir gerufen. Sie brachte den Katalog, den mein Kunstlehrer mir gegeben hatte, damit ich die Collage rechtzeitig fertigstellen könne, und auch die Schere und den Sekundenkleber brachte sie mir. Wir saßen auf unseren Knien und wir durchblätterten ihn, und nach und nach begannen wir, Menschen und Möbel herauszuschneiden, Stühle und den Tisch, um den sie standen, ein Sofa und einen Fernseher, aber auch Teppiche, auf denen Kinder lagen, und zwei saßen wie wir auf ihren Knien. Ich arrangierte die Figuren auf dem Papier, nachdem meine Schwester ihre Rückseite mit Klebstoff versehen hatte. Wir legten unsere Hände auf sie, um das Trocknen zu beschleunigen.

Senthil Vasuthevan 21:01

ich erinnere mich an früher, an eine kindheit, neunzehnhundertzweiundneunzig, vielleicht, auch einundneunzig und neunzig scheinen möglich. ich versteckte mich unter dem esstisch. die decke war größer als die kiefernplatte, auf der sie ausgebreitet lag. ihr material, wahrscheinlich weißgeblümtes plastik, fiel tief. es bot schutz vor den blicken meiner eltern, die schliefen, und vor meinen brüdern, die fernsahen. ich saß im schneidersitz; der quelle-katalog lag auf meinen oberschenkeln. in dieser sozialwohnung, in die wir nach dem letzten aufenthalt in einem asyllandheim ziehen durften, saß ich und betrachtete das schimmern dünner, durchsichtiger haut. meine verschwitzten hände hinterließen auf dem hellbläulichen, vom halb abgeschirmten flackern des fernsehers beschienenen papier gewölbte abdrücke, leicht benetzte spuren, die mit spitze bekleidete bilderkörper beinahe plastisch erscheinen lassen konnten. die kuppen umgeblätterter finger haben die maße dieser figuren beinahe aufgeweicht.

Senthil Vasuthevan 21:24

die *leitende körperschaft*, die theologische führung der zeugen jehovas, erlaubt es den ältesten, den seelsorgerischen aufsehern einer versammlung, glaubensgeschwister, die die gesetze, die die grundsätze der heiligen schrift verletzen, zu *bezeichnen*, sie erlaubt es, dass sie von ihren brüdern und schwestern, die gottes wort, seinen wahren namen verkündigen, zeugnis von jehova geben, *bezeichnete* genannt werden. sie tragen ein zeichen auf ihrer stirn, das sich nicht schließt. nur manchmal plötzlich bin ich blind und spüre blut im mund.

Senthil Vasuthevan 21:24
ihr seid meine zeugen, spricht der herr.

Senthil Vasuthevan 21:25
es steht geschrieben.

Valmira Surroi 22:33
Nachdem ich mich eingeschrieben hatte, setzte ich mich in das Mensabistro, und auf einem Stadtplan markierte ich die Orte, an denen ich Besichtigungen vereinbart hatte. Ein paar Tage später schickte Jakob mir eine E-Mail und er fragte mich, ob ich noch in sein Zimmer in der Weidenhäuser Straße ziehen wolle. Ich hatte bereits meinen ersten Mietvertrag unterschrieben, ein Zimmer mit Balkon im Südviertel, ich habe Dir davon erzählt, es ist das Zimmer, in dem ich immer noch lebe. In den Wohnungen, die ich mir zuvor angesehen hatte, standen noch Gegenstände und Möbel des Vormieters darin, in dieser aber stand nichts, jedes Wort hallte hier nach, als ich mit dem Makler sprach.

Valmira Surroi 22:35

Ich bereitete meinen Umzug vor, und wir fingen an, uns Nachrichten über Studivz zu schreiben. Er hatte sein Physikum bestanden und wollte drei Wochen später nach Guadalajara.

Valmira Surroi 22:40

Wir skypten fast jeden Tag miteinander, und zu meinem Geburtstag erhielt ich einen Brief von ihm, der mich mit zwei Monaten Verspätung erreichte, die Schleifen seiner Buchstaben sahen aus wie Schlingen. Wir fuhren auf die Lahnberge und im Klinikum beobachtete ich einen Krankenpfleger dabei, wie er in seiner Armbeuge eine Vene suchte und wie er später seinen Finger auf den Wattebausch legte, auf dem sein Blut heller aussah als in dem Beutel neben ihm. Wir nahmen den Bus zurück und wir aßen im Local Central zu Abend. Jakob stand mitten in der Nacht auf, um auf dem Balkon zu rauchen, und von meinem Bett aus konnte ich sehen, wie sich sein Oberkörper langsam über die Brüstung beugte. Die Straßenlaterne befindet sich auf der Höhe meines Zimmers und in ihrem Licht betrachtete er lange den Umriss des Wasserflecks an der Decke, von der Seite zählte ich seine Wimpern. Ich legte meinen Daumen und Zeigefinger auf seine Lider.

Valmira Surroi 22:43

Heute, nach dem Seminar, sah ich ihn in der Oberstadt. Er stand an der Wasserscheide, an der früher Regen- und Abwasser in verschiedene Richtungen gelenkt worden waren, wie er mir damals, während der Besichtung erzählt hatte. Er hatte Tee aufgesetzt. Er erkannte mich und gab mir ein Zeichen. Die Finger an seiner erhobenen Hand brachen das Licht für ein oder zwei Sekunden.

Senthil Vasuthevan 22:55

heute mittag besuchte ich meinen hausarzt. in seinem sprechzimmer teilte ich ihm mein anliegen mit, während er, den oberkörper leicht nach vorne gebeugt und den ellenbogen auf den schreibtisch gestützt, mich betrachtete, ohne ein wort zu sagen. nachdem ich gesprochen hatte, sagte er, zurückgelehnt, er sei kein pulmologe, sondern internist.

er würde mir eine überweisung schreiben.

Valmira Surroi 23:15

Weshalb warst Du bei ihm?

Senthil Vasuthevan 00:45
ich kann nicht schlafen.

er vermutet, eine schlafapnoe, unerwartete atemstillstände also könnten eine mögliche ursache sein.

Senthil Vasuthevan 05:02
es ist wie ein sturz nach oben, übergangslos und nur scheinbar plötzlich, mehr ist nach dem erwachen beinahe nicht zu wissen, ein sturz, formverändernd wie die beugung, die verbiegung der namen während eines falls; kurz darauf, in einem blinden augenblick, setzt sich alles wieder zusammen, das vorhandensein letzter, allerletzter dinge – die welt ist, einer gewendeten rede zufolge, alles, was der fall, ein fall sei, vielleicht war es der der sünde –, kurz darauf richtet es sich wieder ein, als wäre nichts geschehen im sekundengedränge der zeit.

Senthil Vasuthevan 05:11
es ist auch nichts geschehen.

Valmira Surroi 10:38

Ich sitze in der Bibliothek.

Der grüne Punkt neben Deinem Namen fehlt.

Valmira Surroi 10:38

Du schläfst wahrscheinlich noch.

Senthil Vasuthevan 12:25

ich habe von den magnolienbäumen geträumt, die vor der wirtschaftswissenschaftlichen fakultät, gegenüber dem ahrens und in der nähe der wohnung, in der ich die ersten drei jahre durchgängig fast gelebt habe, standen. vergangene nacht, als ich nicht einschlafen konnte, habe ich unseren nachrichtenverlauf gelesen, arvo pärts arbos lief im hintergrund, und ich vermute, das könnte der zusammenhang, eine verbindungs- oder fluchtlinie gewesen sein, bis in den schlaf; *arbos* ist eine frühe form des substantivs *arbor*, das *baum* bedeutet, im mittellateinischen aber auch mit *kreuz* übersetzt werden konnte. noch heute bin ich mir nicht sicher, ob es magnolien waren, die ich dort gesehen habe.

Senthil Vasuthevan 12:47

in marburg gab ich manchmal konzerte, im de gass, trauma, im kfz, nachtsalon oder in der cavete, von einer freundin begleitet. ich benötigte bilder, für flyer und das profil, das zu erstellen ich mir auf myspace vornahm. yaosi und ich warteten am hauptbahnhof, in frankfurt, nach dem nine inch nails konzert in der jahrhunderthalle, auf den zug zurück. ich fragte sie, ob sie mich fotografieren könne. wir verabredeten uns an der sitzbank, die im verzweigten schatten dieser bäume stand und vermutlich auch heute noch für wenige stunden steht; der bürgersteig im umkreis der bank war warm und unter den zertretenen blüten sahen wir keinen asphalt.

Valmira Surroi 13:22

Am Anfang konnte ich nicht sagen, was mich in dieser Nacht geweckt hatte, später aber begann ich zu verstehen. Ich zog meine Schuhe an und erst im Bad am anderen Ende des Flurs bemerkte ich eine Feuchtigkeit, die ich nicht kannte, niemand hatte mir von ihr erzählt. Durch den Türspalt am Boden sah ich, wie sich das Licht im Treppenhaus von allein wieder gelöscht hatte, und in meinen Händen lagen die Blüten und ihr Blut. Ich hielt sie unter warmes fließendes Wasser, und ich rieb sie aneinander, so wie meine Mutter Flecken auf den T-Shirts meiner Schwester entfernen würde. Die Seife war weiß. Die Seife war weiß und sie vermischte sich und sie färbte das Becken rosa. Ich legte sie in die Tüte, die ich im Abfalleimer fand, und ich versteckte sie in meiner Schultasche. Nie hatte ich das Gefühl, dass meine Worte aus meinem Körper kommen, weder meinen Eltern noch

Eliona fiel auf, dass ich aufgestanden war. Sie schliefen noch und in dieser Nacht war kein Geräusch im Heim zu hören. Ich legte mich wieder in das Bett, das ich mir mit meiner Schwester damals teilte, und durch den Spalt auf der anderen Seite des Zimmers konnte ich sehen, dass es wieder dunkel im Treppenhaus geworden war. Ich hörte Eliona atmen, und ich wusste, dass sie ihre Hände wieder zu kleinen Fäusten geformt hatte, in denen vier Finger die Daumen bedeckten.

Valmira Surroi 13:35

Zwei Jahre dauerte es, bis ich meine Tage wieder bekam.

Valmira Surroi 14:08

Eines der ersten Kanji, das ich am Sprachenzentrum lernte, war das, das *Baum* bedeutet. Der Dozent erklärte uns die Linienführung, und er schrieb es an die Tafel und wir schrieben es ihm nach. Als Erstes muss ein gerader Strich von links nach rechts gezogen werden, der von einem anderen in der Mitte geteilt wird, von oben nach unten. Zusammen ergeben sie ein Kreuz, von dem aus jeweils an der Stelle, an der sich beide Linien berühren, ein leicht nach oben gebogener Strich diagonal nach links und einer nach rechts unten wegführen müssen, ohne dabei den Boden zu streifen. Früher, als ich noch ein Kind war, dachte ich, dass in mir ein Baum wachsen würde, immer, wenn ich einen Apfel und versehentlich seine

Kerne aß, und abends im Bett stellte ich mir vor, wie er über Nacht in mir wachsen und ich aufwachen würde und Äste wären aus meinem Körper gekommen und sie hätten meinen Brustkorb zerrissen und meine Haut wäre Rinde. Neben jedem Strich schrieb er eine kleine Zahl, und er sagte, wir sollten uns immer an die vorgeschriebene Reihenfolge halten, und ich hielt mich daran, um kein Zeichen zu verschmieren.

Senthil Vasuthevan 14:40

vor verschlossenen, leicht geöffneten türen, vor milchigem glas, in augenhöhe einer kette, die gespannt war zwischen einem unempfänglichen spalt, so breit wie nur ein mund vielleicht sein könnte, an der dünnen versseite eines ältesten, in dessen geduldigeren händen ein buch mit vergoldeten, bei geneigtem lichtfall glänzenden schnittflächen, das buch, aufgeschlagen lag, an diesen wortschwellen wartete ich mit irritierter und irritierender haut, mit ausgewechselter stimme, bis die tür zugeschlagen wurde, und ich habe kaum einen satz zu ende sprechen können, wieder, an diesem vormittag, samstags, so, wie ich da stand, wenige zentimeter vom willkommensgruß hellbrauner fußmatten entfernt, bezeichnet vor jeder bezeichnung, vor jeder zeichensetzung, zeugnis von jehova ablegend, seinen wahren namen vor milchigem glas, vor einem spalt, von haus zu haus verkündigend, mit blut im mund.

Valmira Surroi 14:51

Ich werde zur Universitätsstraße gehen und nachsehen, ob es Magnolien sind, ich werde nachsehen, ob sie noch auf dem Boden liegen.

Senthil Vasuthevan 15:02

setz dich auf die bank, neben dem bürgersteig, auf dem jemand vor sieben jahren gesessen haben könnte, und betrachte die blüten, die nicht mehr sind. laufe zur bushaltestelle philippshaus, die universitätsstraße entlang, richtung richtsberg, zur hausnummer achtundzwanzig. du wirst ein zweistöckiges gebäude auf der linken seite sehen, in dem sich ein restaurant damals befand und sich vermutlich auch heute noch befindet, die leuchtreklame, die einen mittlerweile vergessenen namen getragen hat, buchstaben, die sich rot erinnern könnten und sich vielleicht auch heute nicht erinnern, über der weißumrahmten eingangstür. schau nach oben, in den zweiten stock, zum fenster im schatten der dachrinne, in dem sich ein von kondensstreifen ungleichmäßig geteilter himmel vielleicht wiederholt. schau nach oben.

Valmira Surroi 15:07

Wirst Du mich dort erwarten?

Valmira Surroi 15:34

Ich sehe Dich nicht.

Valmira Surroi 18:00

Gestern fand ich das Deutschheft, in dem das erste Diktat steht, das ich ohne Rechtschreibfehler geschrieben habe.

Valmira Surroi 18:05

Die Zeichen auf dem Bahnhof waren für Familie Hoffmann eine wichtige Hilfe. Auch auf Karten werden Zeichen verwendet. Eine Burg wird durch eine Fahne dargestellt, ein Spielplatz durch eine Schaukel. Am Kreuz erkennen wir eine Kirche, am Baum einen Wald und einen Bahnhof an einem Zug. Früher gab es auch Zeichen für Berufe. Die Schere gehörte zum Schneider, der Schuh zum Schuster, der Pinsel zum Maler.

Valmira Surroi 18:19

Valmira war eine freundliche und aufgeschlossene Schülerin. Obwohl sie im Laufe des letzten Schuljahres ganz ohne Deutschkenntnisse zu uns in die Klasse kam, knüpfte sie schnell Kontakt zu den anderen Kindern und erlernte im Umgang mit ihnen mühelos unsere Sprache. Bei ihren Mitschülern war sie durch ihr ausgeglichenes und ruhiges Wesen beliebt und anerkannt. Sie war immer fleißig und beteiligte sich aufmerksam am Unterrichtsgespräch. Valmiras sprachlicher Ausdruck ist mittlerweile sehr gewandt. Ihre schriftlichen Aufgaben erledigte sie gewissenhaft und sauber. Sie liest mit ansprechendem Tempo und Textverständnis. Ihre Schrift war stets tadellos. In Mathematik hat sie allerdings erhebliche Schwierigkeiten.

Senthil Vasuthevan 18:56

senthil ist ein wohlerzogener, ruhiger und stets höflicher schüler. er hat sich ohne schwierigkeiten in die klassengemeinschaft eingefügt. er zeigt sich sehr verständig und ernsthaft. dem unterrichtlichen geschehen folgt er still und aufmerksam. senthil führt schriftliche arbeiten überlegt und selbstständig aus, wobei seine heftführung sorgfältiger und seine schrift leserlicher sein dürften. er liest buchstaben rasch zu wörtern zusammen und erfaßt dabei auch den sinn des gelesenen. einfache geschichten kann er leicht wiedergeben. den geübten wortschatz der nachschriften schreibt er mit nur wenigen flüchtigkeitsfehlern. in mathematik rechnet er im zahlenraum bis zwanzig alle arten von aufgaben sicher.

Senthil Vasuthevan 19:08

sechsundzwanzig buchstaben, auf weißem papier gedruckt, klebten an der wand, von drei umlauten begleitet, verspätet, immer zu spät. links, am dunkelgrün einer tür, deren maserungen finger nicht nachfuhren, begann das alphabet mit der silhouette einer totenbehausung, teils in die erde gegraben, teils über sandigem boden errichtet, die stille einer pyramide, in der weiteren reihe dichter zeichen andauernd. in zwei rechten winkeln wechselte das alphabet seine atemrichtung, über die kleiderhakenleiste, an der winterjacken hingen, vorbei an doppelverglasten fenstern bis zum lehrerpult, das auf einer leicht erhöhten fläche vor einem an der wand hängenden kreuz stand. die buchstaben umstellten das klassenzimmer, den raum ohne geräusch und fast; eine prozession im stillstand, in der geduld des bleibens eingerichtet.

Senthil Vasuthevan 19:14

einige tage vor der aushändigung der halbjahreszeugnisse im februar sollte jedes kind den anfangsbuchstaben seines vornamens in gestalt eines lebewesens oder eines gegenstandes bildlich darstellen, eines tiers etwa oder eines objekts, das mit demselben zeichen beginnt und diesem auch ähnelt. im fehlenden angesicht eines blauen engels öffnete ich mein liniertes schreibheft. die schlange, die ich mit einem ungespitzten bleistift über parallelen malte, durfte den seitenrand nicht übertreten.

Nach der Frühstückspause stand ich neben der Tür unseres Klassenzimmers und wartete. Afrim kam aus dem Raum. Jeden Morgen holte uns ein Wagen des Malteser Hilfsdiensts vorne am Zaun ab und brachte uns zur Schule. Bereits nach der vierten Stunde stand er wieder auf dem Hof, ich weiß nicht warum, ich weiß es bis heute nicht, niemand konnte es erklären, wir hatten noch Unterricht, aber wir mussten gehen. Unser Heim lag außerhalb der Stadt, in einem Wald, Du erinnerst Dich vielleicht, ich habe Dir davon erzählt, es gab keine Busverbindung, lange konnte ich kaum rechnen, Tante Elisabeth und meine Mutter hatten es versucht. In meinem Zeugnis stand nur ein Strich. Ich dachte, es sei meine Schuld. Afrims Familie kam auch aus dem Kosovo. Sie waren erst vor kurzem in unserem Heim untergebracht worden. Mein Vater rief in der Ausländerbehörde an und er vereinbarte einen Vorsprachetermin für sie, und gemeinsam füllten wir abends ihre Formulare in unserem Zimmer aus. Sie wohnten eine Etage über uns. Wir waren Nummern. Wir waren Nummern und wir aßen Suppe, und auf dem Tellerrand sollten wir Wörter aus den Buchstaben bilden, die wir mit unseren Löffeln sammelten, wir schöpften sie aus der Brühe. Afrim hatte keine Geschwister. Er hielt sich die Hände vor dem Bauch, bevor er sich erbrach. Unsere Lehrerin betrat den Flur. Sie erkannte mich und zeigte mit ihrem Finger auf das Büro des Hausmeisters. Als ich zurückkam, war Afrim nicht mehr hier, und sie stand noch an derselben

Stelle. Wisch es auf, sagte sie. Ich lief zum Waschbecken und füllte den Eimer mit warmem Wasser.

Valmira Surroi 19:34

Das V ähnelt der Vulva, der weiblichen Scham.

Senthil Vasuthevan 21:57

ich könnte elf gewesen sein, als die scham einen gegenstand erhielt, von unentschlossener stimme. sie, die nur auf sich selbst bisher verwies, erschien, tonlos und dennoch vernommen, auf dem seitenstreifen einer autobahn, während einer fahrt zum königreichssaal, enträumter schnee abseits gebogener schutzplanken, dunkel stellenweise verfärbt, als bezeichnendes, dem ein bezeichnetes gegeben wurde, war, ganz unvermittelt, nicht länger mehr ein grenzbegriff am unaussprechbaren ende beschädigter laute, nicht länger mehr eine scham an sich. die schwarzbehaarten hände unseres vaters umfassten das lederbezogene lenkrad. ich saß auf der rückbank, während der gurt, ein um etwa dreißig grad gedrehter zweiundzwanzigster buchstabe, über einem oberkörper ausgebreitet lag, von rechts nach links, von links nach rechts, gegen den uhrzeigersinn. der motor lief. unberührbar blieb bislang die väterliche herkunft, von einem flechtenartigen verschweigen bedeckt. auch meine mutter, der priesterkaste entstammend, verlor über sie kein wort. sie wussten nicht, worauf sie sich einließen, damals, in jaffna, nachdem die vorschriften der götter bereits verletzt worden waren, vor der ersten niederkunft. sie verschlug ihnen allmählich die sprache. das wort war fleisch und wohnte unter uns, in uns. und es war, als sollte die scham sie überleben.

Mittwoch

Valmira Surroi 01:02

Bist Du hier?

Senthil Vasuthevan 01:04

ich bin aufgewacht und konnte nicht mehr einschlafen.

Valmira Surroi 01:05

Erzähl mir von Deinem Traum.

Senthil Vasuthevan 01:19

ich fand mich auf einer anhöhe wieder. sträucher, feingliedrig, beinahe zart, schirmten ungeworfene blicke von großflächigen fenstern nicht ab, die in eine der weißverputzten wände des gegenüberliegenden gebäudes eingelassen waren. in diesem haus wohnte die familie eines freundes, mit dem ich skateboard gefahren bin. es steht noch heute am selben ort. im winter, wenn es früher dunkel wurde, betrachtete ich durch die verästelte laublosigkeit das weiche orange der deckenbeleuchtung, das, zurückhaltend und lichtschwach, im warmen, glasgebrochenen sturz, den schnee beschien. vor diesem haus wartete ich, gesichtslos, die finger, die das steuerkreuz, das grün und blau und gelb und rot der aktionstasten des super nintendo controllers gerade noch berührt hatten, wieder fäustlingen verborgt. über dicht bemooste steinstufen, vorbei an der naturschiefernen dachblende des carports, den alfa romeo, den verwitterten lack im totgewinkelten auge, betrat ich den garten, sein vernarbtes gras. ich stand in einem teich, der kein wasser enthielt, ich sah die trockenen falten der folienschwarzen abdichtung. die terrasse gab meinen gebeizten schritten nicht nach. ich versuchte, einsicht in das wohnzimmer zu erhalten, handbeschirmt, das entfallene gesicht stirnnah an der geräuschlosen glätte kühlenden glases. hinter der rückseite dieses widerscheins, jenseits eines spiegelverkehrteren himmels, zeigte sich, inmitten des gefliesten raumes, tief verzweigt, das geäst einer krone, dornenlos, wie ich dachte, gebogene rindenstriche mit spitzen winkeln, den borkigen, mit flechten undeutlich beschrifteten stamm, denn ihre tage werden sein wie die tage eines baumes, nahezu umfassend. mein blick blieb auf das astgewitter gerichtet. es nahm sich zeit.

Wir liefen. Wir liefen und wir hatten Blasen an den Füßen, und sie bluteten, wir konnten uns nicht sehen. Das Zimmer bestand aus vier Strichen, die jemand auf den Boden gezeichnet hatte, aber niemand war hier außer meiner Schwester, und wir saßen darin und sie aß den Schmutz mit ihren Händen. Unsere Eltern kannten wir nicht. Sie hatten keine Kraft mehr, uns zu tragen. Unsere Haut war grau vom Staub. Er lag auf unseren Augen und wir hatten keine Wimpern mehr und wir waren einverstanden. Wir sprachen nicht miteinander. Wir sprachen nicht miteinander, und dennoch weiß ich, dass das der erste Traum war, den ich auf Deutsch geträumt habe. Ich erinnere mich. Ich setzte mich an den Esstisch und wollte mit den Schulaufgaben beginnen, als ich aus der Küche die Stimme meiner Mutter hörte, die mich bei meinem Namen rief und die mich fragte, welches Wort ich heute mit nach Hause gebracht hätte, so, wie sie mich jeden Tag fragte, wenn ich nach Hause kam. Ich erklärte ihr die Bedeutung von *Schmutz*, einmal, indem ich es übersetzte, *ndyrasi* heißt es auf Albanisch, und anhand eines deutschen Beispielsatzes, meine Mutter sprach ihn mir nach. Sie wusste, dass ich es heute nicht zum ersten Mal gehört hatte, auch sie kannte es schon lange, lange genug. Im Heim saßen wir früher jeden Nachmittag nach der Schule zusammen am Tisch, und ich erzählte ihr von den unbekannten Wörtern, die ich damals gelesen, geschrieben und gehört hatte und die immer weniger wurden. Ich saß am Esstisch und ich wollte mein Deutschbuch aufschlagen. Eliona zog die Gardinen zurück. Sie rief mich ans Fenster.

Das erste Auto, das mein Vater besaß, war ein alter Alfa Romeo.

Valmira Surroi 01:37

Während der Fahrt erzählte er uns, dass das Firmenzeichen aus zwei Wappen bestehe, dem der Stadt Mailand und dem des Hauses Visconti. Das linke zeigt ein rotes Kreuz auf einem weißen Hintergrund und das andere eine gekrönte Schlange, die einen Mann aus ihrem Mund zur Welt bringt. Es sehe aber aus, sagte mein Vater, als würde sie ihn verschlingen. Er lachte und stellte den Wagen auf dem Parkplatz ab. Er überraschte uns.

Ich löste meinen Gurt und half Eliona aus dem Kindersitz.

Jeder hatte eine eigene Tür zum Aussteigen.

Senthil Vasuthevan 01:42

morgens, während einer fahrt nach zürich, wo unsere tante, die schwester meines vaters, mit ihrer familie lebt, erfand mein älterer bruder auf einer autobahn, es könnte auf der a neun richtung münchen gewesen sein, ein spiel, das er *bingo* nannte. wenn drei autos in der gleichen farbe, mit dem gleichen ortskennzeichen oder von der gleichen marke auftauchten, erhielt derjenige, der als erstes diese gemeinsamkeit erkannte und *bingo* dabei rief, einen punkt.

Senthil Vasuthevan 01:43

wenn wir durch tunnel fuhren, hielten wir unsere luft an, von anfang bis zum ende.

Valmira Surroi 01:54

Am ersten Tag nach den Sommerferien verabredete ich mich mit Judith am Eingangstor, und wir planten, wieder zusammen an einem Tisch in der zweiten Reihe direkt am Fenster zu sitzen, wie im Halbjahr zuvor. Ich erinnere mich daran, dass ich in dieser Zeit, als ich die Schule besuchen durfte, bereits etwas Deutsch sprach, das, was mein Onkel und meine Tante mir beigebracht und ich im Fernseher gehört hatte, und dennoch dachte ich damals, dass ich keine Sprache besaß und stumm bleiben muss, bis zum Ende. Judith sagte, ich müsse das Papier dreimal falten und es müsse von der Seite wie eine Pyramide aussehen. Ich schrieb meinen Namen darauf und sie stellte das Schild vor mir an die Kante unseres Tisches, und einmal begonnen, konnten wir nicht aufhören zu sprechen. Ihre Mutter fuhr uns. Sie stellte das Auto auf dem Parkplatz ab. Eine Angestellte gratulierte Judith zum Geburtstag und setzte ihr eine goldene Krone aus Pappe auf, ehe sie unsere Bestellungen entgegennahm. Bevor ich an der Reihe war, wollte ich ihre Mutter fragen, ob ich einen Hamburger bestellen dürfe, und ich erinnere mich an die Scham, die ich dabei empfand und von der ich damals nichts wusste, nicht einmal ihren Namen. Ich versprach mich, so oft, bis sie den Satz für mich zu Ende brachte. Sie legte ihre Hand auf meine Schulter und sie lächelte mich an, alle anderen hätten sich für eine Junior-Tüte entschieden, sagte sie, auch ich solle eine nehmen. Ich erinnere mich an früher, daran, wie mein Vater sich neben unsere Mutter gesetzt hat, Eliona und mir gegenüber, und er hielt das rote Tablett in der Hand. Heute sei ein besonderer Tag, sagte er. Wir öffneten die Folien, in denen die Hamburger verpackt waren. Unsere Eltern schauten uns dabei zu. Auch sie lächelten.

Valmira Surroi 01:57

Meine Mutter war die einzige Tochter, die studieren wollte. Ihr Vater war Gynäkologe. Nachdem albanische Ärzte in seinem Krankenhaus entlassen und durch serbische ersetzt worden waren, eröffnete er eine Privatpraxis. Sie sagte, dass sie während ihres Studiums nicht einmal Blutdruckmessgeräte besaßen. Wir standen in der Waschküche und ich hielt den Korb mit den Klammern in der Hand. Sie wollte Neurologin werden. Seit dreizehn Jahren arbeitet sie in zwei Arztpraxen als Putzfrau.

Valmira Surroi 02:00

Mein Vater ist Übersetzer. Er hatte Jura in Prishtina studiert und wurde über den Kanun, das traditionelle, mündlich überlieferte albanische Gewohnheitsrecht, promoviert. Er nahm an Demonstrationen gegen die serbische Regierung vor dem Grand Hotel teil, in dem er sich früher mit Freunden getroffen hatte. Sein Abschluss wurde hier nicht anerkannt. Nach seiner Beeidigung als Gerichtsdolmetscher für Albanisch und Serbisch fuhr er zu unserer ersten Wohnung. Eliona zog die Gardinen zurück. Heute sei ein besonderer Tag, sagte er.

Senthil Vasuthevan 02:12

mein vater war das einzige kind aus seiner familie, das beinahe hätte studieren können. sein vater war gerber, vielleicht, auch bestatter und fischer scheinen möglich. es wurde von ihm nur in anlauten gesprochen. er kam nicht zur sprache. die erwähnung seines berufs hätte den namen der kaste, der sie angehören, angedeutet, die unbestimmte linie der väter vermutlich verraten. er war nicht der rede wert. seine schwarzbehaarten hände umfassten immer noch das lederbezogene lenkrad. mein jüngerer bruder saß neben mir auf der rückbank, der ältere auf dem beifahrersitz, als die namenlose kaste uns im senken, im abfall einer stimme fand, reine kadenz, dunkel stellenweise verfärbt. sie blieb, angesprochen, wie sie war, in einem anderen ungefähren, in einem präziseren vagen als das, das in der möblierten studentenwohnung, die mein cousin mit seiner jüngeren schwester vor beinahe zwanzig jahren bezogen hatte, als unhörbares brechen in immer schon gebrochenen grundsätzen, als rätselhafter, noch unverstandener wortbruch vernommen worden war, am türrahmen angelehnt. wir stellten keine fragen. der enträumte schnee warf durch die seitenscheibe das kalte licht einer ausgestanzten sekundensonne zurück. die tageszeit war auf der porösen haut nicht abzulesen.

Senthil Vasuthevan 02:18

ein begabtenstipendium erlaubte es meinem vater, ein internat besuchen zu können. er wollte architekt werden. in den frühen siebziger jahren verabschiedete die singhalesische regierung ein gesetz, um den hochschulzugang junger tamilen zu beschränken. seine bewerbungen wurden abgelehnt. das einzige gebäude, an dessen entstehung er beteiligt war, das einzige gebäude, an dessen entstehung er beteiligt sein sollte, war der königreichssaal, den er mit seinen brüdern und schwestern, die nicht onkel und nicht tanten, sondern auch unsere brüder und schwestern, unsere glaubensgeschwister waren, in nur wenigen monaten gemeinsam errichtet hatte. er kniete auf dem dach des rohbaus und verlegte rote ziegel. nach dem abitur begann er zunächst in einem hotel zu kellnern, ehe er beschlossen haben musste, in jaffna, ein elektronikfachgeschäft zu eröffnen. er bot fernseh- und radiogeräte, foto- und videokameras zum verleih sowie verkauf an. seit fast fünfundzwanzig jahren arbeitet er in einer fabrik.

Senthil Vasuthevan 02:24

mit sechzehn begann ich während der sommerferien in dieser firma, einem automobilteilezulieferer, zu arbeiten, in der er, als wir das vierte asyllandheim verlassen und in dieser oberfränkischen kleinstadt eine sozialwohnung beziehen durften, trotz gebrochenem deutsch eine anstellung fand; diese sechs wochen verbrachte ich an der seite von maschinen. die fensterleisten und autozeichen, die sie produzierten, handballengroß waren die ausgestanzten sterne, sie waren warm, legte ich, den anweisungen des abteilungsleiters gemäß, in etwa ein quadratmeter große holzpaletten, sortiert und gezählt, schicht über schicht. weißes papier, den maßen der paletten entsprechend, hatte jede reihe zu bedecken wie hostien sacht zungen. ein gabelstapler holte sie ab. in den halbstündigen pausen ging ich zum getränkeautomaten und trank zitronentee aus braungeriffelten bechern bis zur neige. ich sah eine lache grünen öls, ausgeflossen aus einer maschine, und dachte lange auf dem erhitzten kopfsteinpflaster der fabrik, lange an das blut meiner mutter.

Mit sechzehn absolvierte ich ein Schülerpraktikum in der Redaktion einer Zeitung, derselben, die damals über uns und unsere Ankunft geschrieben hatte. Mein erster Artikel sollte von der Eröffnung eines Begegnungscafés handeln, und zu beiden Seiten der Tür hingen gelbe, grüne und rote Ballons, die mit einer dünnen Schnur an der Markise darüber zusammengebunden waren. Ich fragte einen Mann aus Vietnam, ob ich mich zu ihm setzen dürfe, und als ich mich setzte, habe ich erkannt, dass die Frauen neben uns miteinander Albanisch sprachen. Ich schob die Luftschlangen beiseite und neben den Aschenbecher legte ich das Aufnahmegerät. Nachdem ich mir am nächsten Morgen alle Gespräche angehört hatte, spulte ich die Tonbandaufzeichnung mehrmals zurück, ich wollte wissen, was sie im Hintergrund zueinander gesagt hatten, unsere Stimmen und das Rauschen des Aufnahmegeräts waren laut gewesen. Am Anfang konnte ich nichts außer einigen Bruchstücken verstehen, die ich parallel in meinen Block schrieb, und nach und nach ergaben sie einen Satz, den ich damals nicht verstand, aber ich verstand jedes Wort. Ajo esht nje gjermane, nuk do te na kuptoje – sie ist eine Deutsche, sie wird uns nicht verstehen. Sie waren in demselben Asylbewerberheim untergebracht, in dem auch wir in den ersten Jahren gewohnt hatten.

Valmira Surroi 02:37

Ich weiß nicht, ob es das Café heute noch gibt.

Valmira Surroi 02:38

Es ist mir erst jetzt wieder eingefallen.

Senthil Vasuthevan 02:40

vielleicht fallen uns diese dinge nicht ein, sondern wir in sie, von links nach rechts, von oben nach unten.

vielleicht dringen wir durch ihre haut wie durch wände, ohne ankündigung, und immer wieder.

Senthil Vasuthevan 02:52

in dem album, das ich gestern erstellt habe, wirst du ein foto finden, auf dem eine junge frau vor einer beigen mauer noch zu sehen sein sollte; sie ist leicht verrußt. das haus gehörte meinen eltern. unser vater hatte es schon verlassen. er könnte bereits auf dem weg nach berlin gewesen sein, über moskau, in einer aeroflotmaschine vielleicht. ich besitze noch das kleine wörterbuch von langenscheidt, englisch – deutsch, das er in den ersten monaten hier benutzte; der einband ist abgegriffen und grau von den berührungen; es fehlen seiten; auf der ersten steht sein name. es gab kein wörterbuch tamil – deutsch; es gibt immer noch keines von langenscheidt.

die sri lankische armee begann junge tamilische männer festzunehmen und verschwinden zu lassen. sie kamen ohne ankündigung. sie kamen durch wände. sie kamen tag und nacht. meine mutter sah, wie sie in einem jeep an ihrem haus vorbeifuhren. sie sagt, das sei ein zeichen. sie sagt, bevor diese zeichen zunehmen, vor der zunahme der zeichen sollte er gehen. er hätte keine zeit mehr. es gab keine zeit. die mauer steht nicht mehr am selben ort. meine mutter steht vor ihr. rotbraun ist der ausgebliche-ne streifen, der sie in ihrer mitte teilt. ein bündel trägt meine mutter im arm, ein hellblaues tuch, um diesen säugling gewickelt, der, laut ihren erzählungen, ich, je-mand, der diesen flüchtigeren hauch mit unvorbereiteter stimme noch nicht zu erzeugen fähig war, gewesen sein soll. ich war sein letztes zeugnis. drei oder vier monate nach seiner flucht wurde ich geboren. ich war nicht sein zeuge. die gliedmaßen des vierjährigen jungen, der sich vor sie, vor ihr linkes schienbein gestellt hatte, waren angewinkelt; es scheint, als wären feine, unsichtbare schnüre fest um die gelenke meines bruders gebunden worden, von letzter hand; wenn sie schlief und der säug-ling, der ihren erzählungen nach ich gewesen sein soll, schrie, soll er seine hände auf dessen gesicht gelegt ha-ben, nase, mund bedeckend, bis sie mich oder ihn, mich als ihn oder ihn als mich, stillte. er schaut in die kamera, die aus dem geschäft meines vaters vielleicht hätte stam-men können und vermutlich auch stammte. die straße war weder geteert noch gepflastert, und an der stelle, an der die augen meiner mutter hätten sein können, lag eine farbe, zwischen grau und schwarz, und die eine anhäufung von schatten gewesen sein müsste.

Valmira Surroi 02:53

Bist Du noch hier?

Senthil Vasuthevan 02:57

die verbindung ist abgestürzt.

hast du meine letzten nachrichten erhalten?

Valmira Surroi 02:57

Vor einigen Minuten stand noch da, dass Du etwas schreiben würdest, und auch der grüne Punkt neben Deinem Namen war plötzlich verschwunden.

Valmira Surroi 02:57

Um 02:40 Uhr ist Deine letzte Nachricht hier angekommen.

Senthil Vasuthevan 03:04

in dem album, das ich gestern erstellt habe, wirst du ein foto finden, auf dem eine junge frau vor einer beigen mauer noch zu sehen sein sollte; sie ist leicht verrußt. das haus, das sie umgibt, gehörte meinen eltern. unser vater hatte es schon verlassen. er könnte bereits auf dem weg nach berlin gewesen sein, über moskau, in einer aeroflotmaschine. die mauer steht noch heute am selben ort. meine mutter steht vor ihr. ein bündel trägt sie im arm, ein hellblaues tuch, um diesen säugling gewickelt, der, ihren erzählungen nach, ich, jemand, der diesen flüchtigeren hauch mit unvorbereiteter stimme noch nicht zu erzeugen fähig war, gewesen sein soll. die gliedmaßen des vierjährigen jungen, der sich vor sie, vor ihr linkes schienbein gestellt hatte, waren angewinkelt; es scheint, als wären feine, unsichtbare schnüre fest um die aschfahlen gelenke meines bruders gebunden worden, von letzter hand; wenn sie schlief und der säugling, der ihren erzählungen nach ich gewesen sein soll, schrie, legte er seine hände auf dessen gesicht, nase, mund bedeckend, bis sie kam und mich stillte. er schaut in die kamera, die aus dem geschäft meines vaters vielleicht hätte stammen können und vermutlich auch stammte. die straße, auf der sie standen, war weder geteert noch gepflastert.

Valmira Surroi 03:12

Als wir Säuglingsbilder von uns mitbringen sollten, gaben mir meine Eltern das Foto, das Tante Elisabeth an meinem siebten Geburtstag von mir geschossen hatte. Ich saß auf ihrer Veranda und aus einem Strohhalm trank ich den Eistee, den sie immer für mich zubereitete, wenn ich zu Besuch kam, und in der Karaffe waren die

Beeren und Fruchtscheiben zu erkennen, und sie hatten das Wasser verfärbt. Wir sollten einen Stammbaum malen und auf jedem Blatt den Name eines Familienmitglieds schreiben, darunter ihr Geburtsdatum und ihren Beruf, und unter meine Mutter schrieb ich *Ärztin*, und auf drei oder vier Blätter wusste ich nicht, was ich schreiben sollte. An den Fenstern schoben wir unsere Tische zusammen und wir ordneten die Bilder nach unseren Vornamen in alphabetischer Reihenfolge darauf an. Ich legte das Foto neben die Polaroidbilder der anderen, die sie kurz nach ihrer Entbindung zeigten, und sechs oder sieben von ihnen hatten ein Blatt Papier mit ihren Hand- und Fußabdrücken mitgebracht, auf die sie ihre Hände und Füße legten. Unter jedem Foto stand das Datum ihrer Geburt, ihr Name und ihr Gewicht.

Kosovo je Srbija, Kosovo sei Serbien, schrieb die Miliz auf das, was von unserem Haus übrig blieb.

Valmira Surroi 03:14

Auch diese Mauern waren verrußt.

Senthil Vasuthevan 03:14

seit fast fünfundzwanzig jahren arbeitet meine mutter als putzfrau. in der küche der sozialwohnung, die wir kurz nach dem verlassen des vierten asyllandheims beziehen durften, brach ein wasserrohr. die frau, deren haus sie reinigte, erlaubte es ihr, uns zu baden. wir saßen im gekrümmten weiß ihrer wanne und dasselbe wasser, in das wir nacheinander stiegen, nahm ein unbekanntes braun an und verfärbte sich allmählich; shampooinseln, sammlungen pupillenrunder bläschen, schwammen auf dieser oberfläche, die keinem druck, selbst dem unentschiedenen hauch eines anlauts nicht widerstand; kein name rein zu waschen. unsere mutter schloss die tür.

Senthil Vasuthevan 03:21

sie füllte den eimer mit warmem wasser. in der hosentasche ihrer jeans, die hände aus der altkleidersammlung des roten kreuzes ihr gereicht haben könnten, wird sich die uhr, die ihre mutter zu einem unbekannten anlass ihr geschenkt hatte, schon nicht mehr befunden haben. sie blieb stehen; um elf uhr fünf könnte sie stehengeblieben sein; um elf uhr fünf blieb sie nicht stehen; ich erinnere mich. die zeit fängt nicht an. an einem sicheren ort, auf ein fensterbrett, vielleicht auch die kommode, hatte sie die uhr gelegt, die zeiger unter gesprungenem glas enthielt, die keine zeit mehr maßen. sie wollte sie zur reparatur bringen, später, immer zu spät. niemand durfte sie berühren. in unbeaufsichtigten minuten nahm ich sie unter den grobkörnigen augen rahmenloser großeltern, an deren rändern sich haarfeine risse, zweigen und adern nicht unähnlich, zeigten, vom provisorischen hausschrein, einem mit weichem strohgeflecht bezogenen stuhl, der links, gleich neben dem ehebett stand und auch heute, an gleicher stelle in einer anderen wohnung, immer noch steht. ich legte sie auf die verschwitzte wölbung meines linken handballens, ehe ich mit dem rechten zeigefinger ruckartig, als wäre es die reibfläche einer streichholzschachtel, ruckartig über patinamillimeter strich. meine bewegungen setzten keine zeit in gang; die zeiger bewegten sich, noch, über alle maße.

Senthil Vasuthevan 03:33

an sicheren orten suchte sie die uhr, die fingerabdrücke ihrer mutter getragen hatte, westwärts, achttausendvierhundertdreiundachtzig kilometer, über moskau und berlin, spuren, die auf nichts als sich selbst, auf nichts verweisen, spuren, die ich verwische; ruckartig. jeden samstag versuchte sie, ihre eltern zu erreichen. auf dem tisch lagen, wie nach dem radieren, metallblättchen von den telefonkarten, die sie, mit einer münze vermutlich, mit einer schere vermutlich, die sie mit einem daumennagel, vermutlich, freigekratzt hatte. sie stolperte, über den eimer, und eine lache breitete sich aus über den geputzten fliesen. aus dem erdgeschoss erreichte uns das überschlagen einer unbekannten stimme, einer reinen stimme, ohne körper und von gewicht, entlang der wendeltreppe, durch geschlossene türen; die frau, deren haus unsere mutter putzte, musste im flur gestanden haben, soweit, so weit sich das sagen ließ. wir kannten nicht die namen, die sie ihr gab. das prinzip aller dinge ist das wasser, aus wasser ist alles und in wasser kehrt alles zurück, es nimmt und gibt gedächtnis. epidermisschuppen schwammen auf der verdunkelten restwärme, vieläugig schlägt die wimper auf von weißer gischt, um anzusehen fische und unbemannte boote über lichtgebrochenen beinen schwärzlich. wir saßen in der badewanne und gaben keinen laut. die worte durften uns nicht finden.

Valmira Surroi 03:44

Der Ausdruck *komorebi* wird im Japanischen verwendet, um das verstreute und bewegte Licht zu bezeichnen, das sich dann ergibt, wenn Sonnenstrahlen auf die Blätter eines Baumes fallen und durch den Raum zwischen ihnen den Boden berühren. Das erste Mal hörte ich ihn im Aokigahara, einem dicht bewachsenen Wald an der Nordseite des Fujiyamas, der von oben wie grünes Gewässer aussah und daher auch *Jukai*, das *Meer aus Bäumen* oder *Kuroi Jukai*, das *Schwarze Meer aus Bäumen* genannt wird. Früher haben Familien ihre Verwandten in ihm ausgesetzt, wenn sie sich nicht mehr um sie sorgen konnten. Nach nur wenigen Minuten verliert man die Orientierung.

Valmira Surroi 03:50

In der dritten Woche meines Auslandssemesters unternahm ich mit einigen anderen Austauschstudenten und Hidetoshi, einem Doktoranden, der uns betreut und sich am ersten Tag während der Orientierungsveranstaltung als *Hide* vorgestellt hatte, einen Ausflug hierhin. Mit Lichtflecken auf uns standen wir in Sichtweite verstreut auf dem Boden, den Moos und Äste bedeckten, wir hörten kaum ein Geräusch. Hide sagte, seit Jahren kämen Menschen hierher. Er sagte, die meisten nähmen Gift und andere würden sich an den Bäumen erhängen, und an den Stämmen befestigten sie manchmal mit Reißzwecken Nachrichten, und an der Rinde hing ein kleines Bild, auf dem ich einen Mann erkennen konnte, er hatte sich an einer Hauswand angelehnt und schaute in die Kamera. Er schaute und wir haben Leinen gesehen, die zwischen den Bäumen gespannt waren und auf denen Wäsche hing, sie war alt, Blätter hatten sich darin verfangen. Das Foto war noch nicht verblichen, aber ich musste es an einer Ecke leicht anheben, um zu verstehen, dass die Linien am Himmel Stromkabel gewesen waren, und er war voll von ihnen. Im Dickicht stand ein gelbes Zelt und die Witterung hatte die Zeichen verschmiert und sie blieben zurück wie die Reste von Kleidungsstücken, über die sich Blätter und Moos und Äste gelegt hatten und die nicht mehr auffielen, so sehr wurden sie Teil des Aokigaharas, seines Bodens und dieser Stille.

Valmira Surroi 03:55

Hide sagte, dass der Ausdruck *komorebi* in keine andere Sprache übersetzt werden könne, und wir standen in Sichtweite voneinander entfernt und ich dachte dabei an das Wort *nare*, das *Abgegriffensein* bedeutet und das den

Glanz meint, der an manchen Gegenständen entstehen kann, wenn sie über lange Zeit angefasst und glatt gescheuert wurden und der Schweiß und Schmutz der Haut ins Material eingedrungen sind. Mein Vater sagt, dass nichts in eine andere Sprache übersetzt werden könne, kein Ausdruck besitzt eine Entsprechung, jedes Wort verliert sich und geht verloren, und am Rand standen Schilder, die zur Umkehr bewegen sollten.

Ihr Leben ist ein wertvolles Geschenk, das Sie von Ihren Eltern erhalten haben.

Bitte denken Sie an Ihre Familie.

Eine Telefonnummer folgt.

Senthil Vasuthevan 04:12

ich könnte acht geworden sein, an diesem geburtstag, an den ich mich erinnern kann, vielleicht auch neun, an dem einzigen geburtstag, der gefeiert wurde. unser vater war wieder in der fabrik; spätschicht, vierzehn bis zweiundzwanzig uhr. es gab fischstäbchen von iglo mit salzkartoffeln. noch heute weiß ich nicht, ob meine mutter diese feier mit ihm abgesprochen hatte; das begehen *weltlicher* ereignisse war jehovas zeugen untersagt; ich kenne weder das alter noch die geburtsdaten meiner eltern. meine mutter überraschte mich.

ich stellte meine schultasche ab und ging auf den spielplatz, der vor der sozialwohnung, die wir nach dem letzten aufenthalt in einem asyllandheim beziehen durften, lag, von einer verkehrsberuhigten straße nur getrennt. die gerüste waren um einen sandkasten gruppiert, der im sommer mit einer orangenen plane überdacht wurde. bevor ich die wohnung verließ, scheitelte meine mutter mir die haare mit einem schwarzen kamm und sie küsste mich auf die stirn, so, wie sie es immer tat; die letzten zähne waren abgebrochen. sie beugte ihren oberköper vor. als ich die tür schloss, hörte ich bereits die stimmen, die ich einladen wollte. ich schirmte meine augen ab und die lichtfäden waren fein und nicht kupferfarben, die sich zwischen den verstreuten fingern zeigten und die die trauerweide, die vor dem haus stand, vor wenigen tage noch, vor ihrer rodung, abgewiesen hätte; ihre zweige konnten fast das gras berühren; das licht füllte den raum und das innere unserer wangen wie den offenen scharlachmund des mohns. unter den kindern, die sich in diesem mit luftschlangen und ballons dekorierten zimmer um den esstisch versammelten, den mein vater, wie die anderen gegenstände auch, die in dieser wohnung lagen und standen, im sperrmüll gefunden hatte, unter diesen kindern, die auf mit weichem strohgeflecht bezogenen stühlen saßen, war auch christoph. wir spielten zusammen fußball, auf dem ascheplatz und auch im verein; er war libero, ich im sturm.

Senthil Vasuthevan 04:32

ich erinnere mich an seinen cousin, mit dem er auf dem spielplatz aufkreuzte. er hielt einen fußball von adidas in seiner hand. die pfeiler der brücke erklärten wir zu torpfosten und sie wurden torpfosten. einige jahre später, als die zweigeschossige eigentumswohnung, die unsere eltern neunzehnhundertsechsundneunzig gekauft hatten, bereits bezogen war, sah ich christoph wieder, auf der gegenüberliegenden straßenseite, von seinem cousin nicht begleitet. er wohnte mittlerweile auch in dieser neubausiedlung, in einem beigeverputzten reihenhaus, das sich dem fenster meines zimmers zeigte. es war mittwoch. ich wechselte die seite, als ich ihn neben einem anderen jungen erkannt zu haben glaubte, die glätte der haut, den geschorenen kopf; seine stiefel waren schwarz; die schnürsenkel waren weiß; es nieselte. sie überquerten die wölbung der straße, von bordsteinkante zu bordsteinkante, und ich schlug meine augen nieder und empfing fäuste wie ein verspätetes geschenk.

Valmira Surroi 04:45

Wenn meine Mutter im Supermarkt Verkäufern eine Frage stellt, wird sie von ihnen geduzt.

Sobald sie ihren Mund öffnet und sie ihren Akzent hören, sprechen sie mit ihr, als wäre sie ein Kind.

Sie sprechen mit ihr, als wäre sie schwerhörig oder schwer von Begriff.

Sie reden langsam und gedehnt.

Valmira Surroi 04:46

Sie betonen jede Silbe.

Senthil Vasuthevan 04:46

die arbeitskollegen meines vaters nennen ihn *neger.*

sein name, unaussprechbar wie er sei, bricht ihnen die zunge, sagen sie.

Valmira Surroi 04:53

Alles, was wir getragen haben, erhielten wir aus der Altkleidersammlung des Roten Kreuzes. In der untersten Schublade der Kommode lag die blaue dänische Butterkeksdose, die meine Mutter kurz nach unserer Ankunft von unserem ersten Taschengeld bei Aldi für mich gekauft und seitdem zum Sparen verwendet hatte. Nach dem Mittagessen nahm ich den Bus in die Innenstadt und an einer Schaufensterpuppe von Zara habe ich den anthrazitfarbenen Pullover gesehen, sie hatte keinen Kopf. Ich erinnere mich. Ich erinnere mich an die Scham, die ich empfand, als wir in der Ausländerbehörde saßen und meine Mutter sich versprach, so oft, bis ich den Satz für sie zu Ende brachte, aber von ihrer Scham weiß ich nichts, ich kenne nicht einmal ihren Namen. Sie verdient acht Euro pro Stunde. Sieben Stunden musste sie putzen, damit ich etwas anderes anziehen konnte als das, was sie uns aus der Kleiderspende gab.

Ich dachte an meine Klasse, in der ich *dreckige Bettlerin* und *schmutziges Asylantenkind* genannt wurde.

Sie zeigten mit ihren Fingern auf mich.

Sie haben mich erkannt.

Valmira Surroi 04:59

Im Zusatzunterricht, den die Kinder von Asylbewerbern und Spätaussiedlern besuchen mussten, saß ich neben einem Mädchen, sie hieß Marina. Sie sagten, wer uns berühre, werde sich mit einer Krankheit anstecken, und wenn uns jemand versehentlich anfasste, lief er im Hof zu den anderen, und mit einer Berührung gab er unsere Erreger weiter. Sie rannten vor ihm davon. Marina und ich beschlossen, in der Bäckerei, die vor unserer Schule lag, Süßigkeiten von dem Geld zu kaufen, das wir manchmal von unseren Eltern für das Pausenbrot erhielten, und zwei oder drei Wochen lang sammelten wir die Münzen, die sie uns gaben, und wir haben Duplos, Hanutas und Kinder Country, Chupa Chups, Gummibären und Esspapier davon gekauft. Wir wollten sie in der Hofpause verschenken. Wir wussten noch nicht, dass auch sie unsere Erreger übertragen können.

Senthil Vasuthevan 05:06

einige kinder sagten, wir seien die söhne des schwarzen mannes.

sie sagten, dass auf unserer haut schmutz liegt, der abfärbt, wenn man uns berührt.

Senthil Vasuthevan 05:07

sie haben uns mit papierkugeln und leeren capri-sonnen beworfen.

Senthil Vasuthevan 05:12

wenn wir im kindergarten menschen mit dunkler haut malten, nahmen uns die erzieherinnen, die wir *tanten* nannten und die weder die schwestern unserer mutter noch unseres vaters waren, den stift aus der hand, und sie nahmen einen hellrosanen aus der buntstiftdose vor uns und sie legten ihn zwischen unsere finger, und ihre hände schlossen sich um sie und sie sagten, ihren mund zu uns gewandt, so nah, dass die atemwärme noch auf der wange zu spüren war, selbst als sie nicht mehr hinter uns standen, diese farbe nenne man *hautfarbe*, sie wiederholten es, *diese farbe nennen wir hier hautfarbe*, und wir sprachen es ihnen nach.

Senthil Vasuthevan 05:21

ich kann mich an keinen traum erinnern, in dem ich etwas, das ein gesicht hätte sein können, besaß; keine fläche lag an dieser stelle. und vielleicht malten wir auch, um kein gesicht mehr zu haben und um unsere namen zu verlieren, so, wie wir auch zu sprechen lernten, um von den sprachen nicht ausgesprochen zu werden, vor und nach jeder stimme, vor und nach jedem wort. mein älterer bruder legte sein gesicht in den schnee und er sagte, seine haut würde weiß werden. vielleicht sprechen wir, um an das ende dieser und jeder möglichen sprache zu gelangen, westwärts, achttausendvierhundertdreiundachtzig kilometer, über moskau und berlin und über die routen und kadenzen und abwege der sätze auch, denn es gibt keine geraden und keine gnade in der grammatik; bis zur äußersten bedeutung müssen wir gehen, und nichts werden wir dabei gesagt haben.

Valmira Surroi 05:38

Unser Lehrer teilte mit seiner Hand den Raum in der Mitte, und er sagte, wir sollten uns in zwei Reihen vor dem Pult aufstellen, und wir stellten uns in zwei Reihen vor ihm auf, wir reichten bis zur Tür. Er saß auf seinem Stuhl und gab uns eine Rechenaufgabe, und der, der sie als Erstes beantworten konnte, durfte sich wieder setzen. Wir warteten, und nach fünf oder zehn Minuten mussten die verbliebenen Schüler ihre Schlange durchzählen, jeder von uns war eine Nummer. Auch in der Deutschstunde stellten wir uns manchmal vor dem Pult auf, aber nur in einer Reihe, wir sollten unsere Stühle mitnehmen. Judith saß vorne, und unsere Lehrerin schaute sie kurz an, bevor sie sich zu ihr beugte und ihr etwas ins Ohr flüsterte, so leise, dass ich nichts verstand, hier, wo ich saß. Dieses Wort sollten wir weitergeben, von Ohr zu Mund und das immer weiter, ich wusste es noch nicht. Ich sah, wie jeder ein Ohr von dem, der vor ihm saß, mit beiden Händen umfasste, und sie hielten ihren Mund in diese Sprechmuschel und ich machte es nach, nichts durfte verlorengehen, niemand durfte etwas hören. Ich musste leise sein. Als das Wort am Ende angekommen war, sollte es der, der auf dem letzten Stuhl saß, laut aussprechen, so waren die Regeln, wie mir später gesagt wurde, und alle wussten schon, bevor er es aussprach, dass es ein anderes sein würde als das vom Anfang. Unsere Lehrerin sagte, jeder müsse der Reihe nach das, was er verstanden habe, zur Klasse sagen, und jeder konnte sehen, wer das Wort verfälscht hatte und wie es von hier an weiter verfälscht worden war. Ich hatte nie zuvor Stille Post gespielt. Ich habe den warmen Atem auf den Ohren und die Druckstellen der Hände und Blicke auf meinem Gesicht gespürt, als wir uns wieder setzten.

Später waren in einem Klassenzimmer die Tische in der Form eines Us angeordnet, das an der Tür begann und am Lehrerpult endete. Ich saß vorne am Polylux, mit dem Rücken zum Fenster, und eine Freundin saß mir gegenüber an der Wand. Früher hatten wir uns auf kleinen Zetteln Briefe geschrieben, die wir wie Umschläge gefaltet hatten, wir reichten sie durch die Reihen. Nachdem einige verschwunden waren, begannen wir, uns mit unseren Händen zu verständigen. Wenn ein Lehrer mit dem Rücken zu uns etwas an die Tafel schrieb, fingen wir an, mit unseren Fingern Buchstaben und daraus Wörter zu formen, das I bestand aus dem Zeigefinger, das T aus dem linken, auf den der rechte waagerecht gelegt wurde, das V aus Zeige- und Mittelfinger, die leicht gespreizt waren wie im Victory-Zeichen, das M aus zwei Vs, die nach unten zeigten und sich an der Spitze der Zeigefinger berührten, das H aus beiden, die an den Mund geführt und senkrecht an seine Winkel gelegt werden mussten, und das S aus zwei Cs, dem gekrümmten Zeigefinger und dem leicht gebogenen Daumen, und das eine wurde spiegelverkehrt an das andere gehängt. So verständigten wir uns über die Entfernung und die Stunden, die zwischen uns lagen, und wir verstanden jedes Wort.

zur monatsmitte erhielt unser vater die telefonrechnung der telekom. sie wurde mit der post zugestellt und bestand aus einer detaillierten aufschlüsselung aller anrufe, deren dauer und kosten. er setzte sich auf den grauen sessel, der im wohnzimmer, gegenüber der couch, stand, und studierte das bündel loser seiten aufmerksam. wir erwarteten in unseren zimmern den einbruch seiner stimme, die uns bei unseren namen rufen sollte. wir mussten uns zu ihnen bekennen. wir bekannten. jede unbekannte zahlenreihe wurde mit einem textmarker hell hervorgehoben, jede nummer, die unsere eltern nicht gewählt hatten, verlangte eine bedeutung. magentafarben war der konsonant, der über dem falsch geschriebenen namen des vaters und unserer adresse in der form eines kreuzes stand; zeugen jehovas glauben, jesus sei an einem pfahl gestorben. in der linken hand hielt unser vater die seiten der zweifach gefalteten rechnung, die untreue der zahl, den zahlenverrat, in der rechten seinen ledergürtel, manchmal auch das fünfzig zentimeter lange holzlineal, das er unter ihrem bett versteckte. wir mussten stehen. wir gestanden. jedes mädchen sollte von hier an den namen eines jungen tragen: johanna wurde nikolas und sophie zu ilya, im bruch einer sekunde. die grenzen der geschlechter wurden fließend, verflüssigten sich wie keine begriffe, wie nur eine sprache jenseits des sprechens hätte fließen können; das flüstern, das hastige flüstern durch das handbeschirmte schwarze plastik einer gleichmäßig gepunkteten muschel könnte wie ein rauschen geklungen haben.

Senthil Vasuthevan 06:12

als mein älterer bruder mir erklärte, wonach t-shirts benannt wurden, und ich begriff, dass sie dem großen t nur entfernt ähnelten, von dem sie ihren namen erhalten haben sollen, glaubte ich, ohne es damals, mit sechs oder sieben jahren, wissen und verstehen zu können, auf einmal schon gewusst und verstanden zu haben, dass sinn und stoff, dass bezeichnendes und bezeichnetes nicht übereinstimmen, dass, wie ich später zu sagen lernte, signifikant und signifikat nicht kongruent sind, und einmal begonnen, konnte ich nur noch aufhören zu sprechen.

Valmira Surroi 06:20

Wenn ein Junge früher bei uns zu Hause anrief, sagten meine Eltern, ich sei nicht da. Von meinem Zimmer aus erkannte ich bereits an ihrer Tonlage, wer es war, und ich hörte die Fragen, die sie ihm stellten, woher er meine Nummer habe und woher er mich kenne, wollten sie von ihm wissen, was ihm denn einfiele, mit mir sprechen zu wollen. Heraus mit der Sprache. Unser Telefon stand im Flur, auf einer Kommode gegenüber meinem Zimmer, und wenn sie mich nach einem Anruf, den ich vor ihnen annehmen konnte, fragten, mit wem ich gesprochen hätte, nannte ich sie um, Cornelius hieß Kübra und Lukas Mathilde. Ich taufte sie um, bevor wir miteinander sprachen.

Valmira Surroi 06:30

Als ich das erste Mal die Redewendung *über seinen eigenen Schatten springen* hörte, lief ich nach dem Mittagessen auf den Vorhof und versuchte, über meinen eigenen Schatten zu springen, und ich erinnere mich daran, dass ich es nach einer halben oder einer Stunde, nachdem ich über ihn gestolpert war, aufgab. Meine Knie waren aufgeschürft, und trotzdem habe ich lange Zeit geglaubt, dass es möglich sein müsste, denn es wurde in der Schule zu mir gesagt.

Senthil Vasuthevan 06:31

ich saß auf dem beifahrersitz, während meine mutter, der sicherheitsgurt war noch angelegt, der körper an drei punkten von einem um etwa dreißig grad gedrehten zweiundzwanzigsten buchstaben an das innere der karosserie, an brustkorb und bauch, von rechts nach links, von links nach rechts gleichermaßen gebunden, mit dem einkaufswagen die aldi-filiale betrat. ich beobachtete den verglasten ausgang, dunkelbraun umrahmt, die kunden zählend. sie liefen über viereckige raster, weiße figuren einer ebenen geometrie, die auf den asphaltierten parkplatz gemalt worden waren; sie betraten den zahlenraum, unter einer anderen, ungefähren pyramide. ohne einen rechten begriff von ihr, diesem großen anderen willen, der sie war, entfernt und dauernd, zu besitzen, ohne mir einen begriff von ihrer unbekannten größe und unberechenbarkeit machen zu können, zählte ich, die finger keinen fäustlingen verborgt. von unerwarteter seite vernahm ich diesen ruf der nummern, ich konnte diesen zu- und anruf hören, ich hörte ihn, ohne stimme und ohne gewicht; er vernahm mich, über dem der buchstabe wie eine zurückhaltende spannung in der gegend des oberkörpers ausgebreitet lag, von rechts nach links, von links nach rechts, gräulich.

Senthil Vasuthevan 06:35

wenn wir gingen, stützte sie ihren kopf auf ihre hände und ihre arme auf dem fensterbrett ab, und sie sah uns nach, bis wir in der biegung nicht mehr zu sehen waren, so, wie sie es immer tat; später konnte sie erst schlafen, wenn wir wieder zurück waren; sie sagte es. wenn meine mutter eine gerade zahl, teilbar ohne rest, sein würde, hätte ich nicht, sollte sie eine ungerade sein, müsste ich mit ihr –

du, herr, hast alles nach maß, zahlen und gewicht geordnet, unvergleichlich, unverglichen.

Valmira Surroi 06:40

Seit gestern sehe ich immer Deine Mutter, wenn ich *Grammatik* lese.

Senthil Vasuthevan 06:41

wie meinst du das?

Valmira Surroi 06:41

Sie steht in ihrer Mitte.

Sie hält sie zusammen.

Valmira Surroi 06:41

Sie versteckt sich in ihr.

Senthil Vasuthevan 06:43

ich sehe sie.

Senthil Vasuthevan 06:50

die erste scham, die ich gesehen habe, lag auf einem mundgroßen stück papier, das ein freund aus meinem algebraheft gerissen hatte. er legte sie, die stiftbleierne skizze, nach den regeln der symmetrie, mit nur wenigen strichen wie eine umgekehrte pyramide fast über das hellgrau schwacher kreuzungen, über den seitenrand; die haut auf den lippen schälte sich nicht. in einem blinderen augenblick erkannte ich in den umrissen eines unbekannten winkels die schenkel des zweiundzwanzigsten buchstabens wieder, eine stellung zweier linien zueinander, die schwarzbehaarte finger nachfuhren, allmählich. die pulverbeschichtete tischplatte warf das licht der deckenbeleuchtung zurück. mein blick blieb auf die zeichnung gerichtet. sie lag vor mir. sie sieht mich an.

Valmira Surroi 13:59

Ich wollte Dir heute eine Postkarte schicken, wie die, von der Du mir an unserem ersten Tag erzählt hast.

Aber ich kenne Deine Anschrift nicht.

Valmira Surroi 15:31

Ich komme aus der Sprechstunde meiner Professorin. Wir sprachen über meine Masterarbeit, und als ich danach den Bus nach Hause nehmen wollte, sah ich Yaosi von der Station aus auf der anderen Straßenseite. Sie stand vor dem Cineplex. Wir hatten uns das letzte Mal vor drei Jahren auf einer WG-Party eines gemeinsamen Freundes in der Biegung der Deutschhausstraße gesehen, kurz nach meiner Rückkehr aus Tokyo, und wir sprachen miteinander, als wäre nichts geschehen. Sie sagte, dass sie nach ihrem Abschluss acht Monate durch Südostasien gereist sei, und in dieser Zeit habe sie auf Tee- und Reisplantagen gearbeitet und später an einer Schule in Banda Aceh Englisch unterrichtet, bis sie die Zusage für das PhD-Programm in London erhielt. In zwei Tagen wird sie umziehen.

Sie wohnt noch in Deiner Nachbarschaft, ganz in Deiner Nähe.

Ich habe kein Wort über Dich verloren.

Senthil Vasuthevan 16:05

worüber wirst du schreiben?

Valmira Surroi 16:17

Vor vier Jahren besuchte ich eine Freundin in Madrid. Wir schauten uns die Ausstellung La Sombra im Museo Thyssen-Bornemisza an, in der die Geschichte der Kunst als Geschichte des Schattens gezeigt wurde. Sie begann mit einem Gemälde des flämischen Malers Joseph-Benoît Suvée, The Invention of the Art of Drawing aus dem Jahr 1791, vielleicht kennst Du es, vielleicht hast Du es schon einmal gesehen, die Tochter des korinthischen Töpfers Dibutades zeichnet auf einer Mauer den Schatten ihres Geliebten nach. Er musste am nächsten Morgen das Land verlassen. Das Licht der Öllampe wirft ihn gegen die Zimmerwand, hier wenigstens konnte er bleiben.

Valmira Surroi 16:19

Über den Schatten dieses Bildes werde ich schreiben.

Senthil Vasuthevan 16:32

als ich das erste mal platons höhlengleichnis in der mittelstufe las, erinnerte mich die stimmung, obwohl sich die anordnung und einrichtung unterschieden, an das garbhagriha, das innerste heiligtum hinduistischer tempel, an diesen unbeleuchteten raum, den ich nur aus erzählungen kannte und den zu betreten gläubigen nicht gestattet ist; nur priestern ist der zutritt vorbehalten, allein mein großvater durfte eintreten; er trat ein. ein lingam, ein anikonisches symbol shivas, steht darin; garbhagriha lässt sich aus dem sanskrit als *schoßhaus* oder *mutterschoßkammer*, lingam als *zeichen* übersetzen, das gleichzeitig die schöpferische wie zerstörerische kraft der gottheit darstellt. vielleicht könnte das der zusammenhang gewesen sein, soweit zusammenhänge sich vermuten lassen, vielleicht kann das der zusammenhang gewesen sein, der platons schatten mit der dunkelheit des garbhagrihas verbindet, vielleicht war es die übersetzung dieses namens, ich kannte sie noch nicht in der siebten klasse, in der sie sich versammelten, die abbilder der abbilder und das urbild gleichermaßen: auch die höhle ist ein schoß, der der mutter zugeordnet wird, ein ort, an dem etwas einen anfang nimmt; wie aus dem nichts.

Senthil Vasuthevan 16:50

vor vier jahren habe ich ein erasmussemester in london verbracht; meine beiden brüder sind gleich nach dem zivildienst dorthin gezogen.

sie wohnen in stratford, in east london, und seit kurzem am waterworks river, neben einem hochhaus, das *stratford halo* heißt. es wird nachts von einem auf dem dach angebrachten kranz beleuchtet.

aus ihrem wohnzimmer kann man das olympiastadion und den arcelormittal orbit sehen.

anish kapoor habe sich in seinem entwurf vom turm zu babel beeinflussen lassen.

er ähnelt einem netz aus adern, dicht, mit gebogener spitze, auch er nicht bis zum himmel.

Valmira Surroi 17:00
Studieren Deine Brüder noch?

Hast Du bei ihnen gewohnt?

Senthil Vasuthevan 17:04
mein jüngerer bruder ist auch doktorand, der ältere hautarzt in einem krankenhaus in southwark.

ich habe in manor park gewohnt, in der nähe des city of london cemetery and crematorium, ungefähr sieben minuten mit der overground von ihnen entfernt.

Senthil Vasuthevan 17:05
orbit, sagte mein älterer bruder, wird im englischen auch die knöcherne augenhöhle genannt, eine grube im schädel, vier bis fünf zentimeter tief.

wir sprechen fast nur englisch miteinander.

geht eliona noch zur schule?

Valmira Surroi 17:08

Nächstes Semester wird sie in Heidelberg Jura studieren.

Sie ist seit einigen Tagen dort auf Wohnungssuche.

Heute Mittag hat sie mich angerufen und mich gefragt, ob ich ihre Unterlagen durchsehen und den Bogen, in dem sie ihre Bewerbung und Studienwahl begründen soll, Korrektur lesen könne.

Sie möchte sich für ein Stipendium der Heinrich-Böll-Stiftung bewerben.

Die Einsendefrist ist Anfang September.

Valmira Surroi 17:11

Ich wurde im zweiten Semester in die Förderung aufgenommen.

Senthil Vasuthevan 17:24

yaosi habe ich in der ersten woche des zweiten semesters getroffen, im local central, während des stammtisches der studienstiftung, abends. ich hatte mich verspätet. ich setzte mich ihr gegenüber. das kopfsteinpflaster hinter ihr war durch die scheibe noch zu erkennen, bläulich, und das glas begann zu vibrieren, sobald sich ein fahrzeug näherte. wir gingen nach einer stunde, und ich stand neben ihr an der fußgängerampel vor dem bereket, als ich charlotte sah. sie hatte mich erkannt, aus einer entfernung.

Senthil Vasuthevan 17:35

ich erinnere mich an das metall, schwarz und matt und gerundet, es lag in meinen händen, ich erinnere mich an das gewicht, für das sie sich entschied, letztlich nach einem zögern; ich erinnere mich an das zerknitterte laken, an die brotkrümmel, die sie hinterließ; das bett hieß noresund. aufgewacht, von schlaf kann keine rede sein; heiser ist die stimme, ohne auch nur ein wort gesprochen zu haben. die sonne schien noch, ich hatte vor stunden sie einfallen sehen, gebrochen durch milchige fenster im bad. wir hatten zwei zimmer bezogen im ersten semester, sechsundfünfzig quadratmeter und neunundvierzig tage, in wohn- und schlafbereich durch eine gestrichene wand getrennt; im hausstaub versammelten sich haare, schuppen unserer haut gräulich. die gardinen dämpften die ankunft des lichts, das, wir zählten keine stunden, ich zähle immer stunden, auch auf sie noch fallen wird, wie schon damals, indirekt, auf ihre bereits ausgeblichene rückseite; ich habe sie erst gesehen, als ich sie, kurz vor dem falten, abnahm; ich habe sie auf den boden gelegt. ein freund sagte, sie sei mittlerweile kinderärztin in köln. ich habe nichts über sie bei google finden können; sie ist nicht auf facebook. ich erinnere mich an den farbunterschied, an diese allmähliche intensivierung, die sich zwischen vor- und nachmittag in diesen räumen ereignen konnte, langsam und manchmal. es dauerte. sie schrieb fotografie und telefon mit ph und es fiel mir nicht auf, dass auch ich anfing, fotografie und telefon mit ph zu schreiben. wir schreiben uns nicht. seit langem haben wir uns nicht mehr geschrieben. es dauert. auf ihren oberschenkeln lag der ikea-katalog aufgeschlagen, auf der seite, die den küchentisch zeigte, auf dem seit tagen schon kaffee stand aschfahl, an genau dieser stelle; die haut auf der milch daneben war faltig. keine gewölbten abdrücke hinterließen ihre finger auf dem papier, das sie umblätterten, seite für seite, einen füller, sie schrieb nur mit füller, haltend.

Senthil Vasuthevan 17:46

charlotte wollte in der nähe ihrer großeltern bleiben, in frankfurt aber nicht studieren; marburg war ein kompromiss. eine stunde und drei minuten benötigte der ic zum hauptbahnhof, mit halt in gießen, friedberg und frankfurt west; du weißt es. sie wollte sich auf den weg zu meiner wohnung machen, sagte sie, die universitätsstraße entlag, richtung richtsberg, um mir das verwaschene levi's t-shirt zurückzugeben, das ich zum schlafen immer angezogen und sie versehentlich in einen ihrer kartons gepackt hatte; an der schulter war es schon lange gerissen. ich wusste nicht, dass sie meinen kiefer massierte, wenn ich schlief. in ihrer hand lag das stück eines eckzahns, den ich mir ausgeschlagen haben musste, bevor ich eine schiene bekam. sie hielt sich an meinem ohrläppchen fest, wenn wir uns schlafen legten. das t-shirt hatte meinem älteren bruder gehört, ehe er es, vor seinem umzug, mir aus der schale seines koffers gab. ich stand neben ihr an der fußgängerampel vor dem bereket, und gefaltet lag es in der luftpolsterversandtasche, die ich immer noch besitze. sie schien sie mit der post verschicken zu wollen, charlotte hatte meinen namen und meine adresse bereits darauf geschrieben und sie frankiert, bevor sie beschlossen haben musste, sie in unseren briefkasten zu werfen. auf dem tisch lagen keine brotkrusten; im waschbecken klebten angetrocknete zahnpastaspuren, die nicht mehr blau und rot waren. yaosi sagte später, als wir den zebrastreifen schon überquert und im lecker-eck currywurst mit pommes bestellt hatten, dass sie charlotte photographieren wolle. sie werde ihr eine nachricht über studivz schicken. die bilder, die sie von mir schoss, habe ich weder für flyer noch das profil, das zu erstellen ich mir auf myspace vornahm, verwendet.

wir hatten einen gemeinsamen freund, cihan, auch er studierte soziologie wie sie; du wirst ihn nicht gekannt haben können.

Nachdem ich den Flug nach Madrid gebucht hatte, skypten wir miteinander, und wir schickten uns Links zu den Ausstellungen, die wir besuchen wollten. Der Prado hatte die erste Francis Bacon Retrospektive zu seinem einhundertsten Geburtstag gezeigt, und nach La Sombra sahen wir sie uns an. Im Semester darauf hielt Frau Jacobi eine Vorlesung über den Schrei als Motiv in Bacons Werk. Ich hatte gerade begonnen, an ihrem Lehrstuhl zu arbeiten. Kurz nachdem wir einen Internetanschluss bekommen hatten, bin ich zufällig auf seine Bilder gestoßen, und ich erinnere mich daran, dass ich damals dachte, dass die Gesichter aussähen, als wären sie gegen eine Glasscheibe gepresst oder vom Regen aufgeweicht und aufgequollen worden, und das Fleisch war blau und rot und grün und lila, das er zurückließ, und nicht mehr als Gesicht zu erkennen. Es dauerte mehrere Minuten, bis die Bilder geladen waren, Du erinnerst Dich bestimmt daran, wie sie sich Balken für Balken aufgebaut haben, und am Anfang waren sie undeutlich. Bacon starb in Madrid. Mein Vater hatte auf dem Desktop einen Ordner mit meinem Namen erstellt und in ihm speicherte ich sie. Später las ich, dass Bacon Röntgenbilder und alte Lehrbücher mit handkolorierten Tafeln besaß, auf denen nicht nur verschiedene Ansichten des Mundinnern, sondern auch erkrankte Rachenräume dargestellt waren, und an einer Stelle nannte er den Mund eine *schwarze Höhle*. Er sagte, dass er einen malen wolle, der aussehe wie ein Sonnenuntergang Monets.

Yaosi saß neben mir und sie fragte mich, ob ich ihr einen Stift borgen könne.

Valmira Surroi 18:18

Nach der Vorlesung setzten wir uns auf die Wiese vor dem Hörsaalgebäude. Sie reichte mir die Papers und sie erzählte von dem Buch, das sie im Roten Stern gefunden hatte, ein Interviewband, ich besaß eine ältere englische Ausgabe davon, die ich vor einigen Jahren in einem Antiquariat in der Charing Cross Road in der Nähe der Leicester Square Station gefunden hatte, als ich mit meinem Leistungskurs eine Woche in London gewesen war. Bacon sagte darin, dass man den Mund quer über das Gesicht ziehen könne, als ob er eine Spaltung des ganzen Kopfes wäre, und doch bliebe er einem Mund ähnlich. Sie fuhr sich mit dem Zeigefinger diagonal über das Gesicht, vom Kinn bis zum Scheitel, und ich betrachtete die Ascheblättchen, die auf ihr T-Shirt fielen, sie blieben dort, bis wir gingen. Wir aßen im Mensabistro zu Mittag und verabredeten uns abends im Local Central.

Senthil Vasuthevan 18:44

yaosi hatte eine homepage.

Senthil Vasuthevan 18:44

du könntest mich dort gesehen haben.

Valmira Surroi 18:44

Sie hat mir von ihr erzählt, ich erinnere mich, aber ich konnte nicht mehr den Zettel finden, auf dem ich die Adresse geschrieben hatte.

Senthil Vasuthevan 18:45

ich wollte dir gerade den link schicken.

die adresse scheint ungültig zu sein.

Valmira Surroi 18:46

Sie hat mich kurz danach zu einer Ausstellung im Nachtsalon eingeladen, in der einige Fotografen ihre Bilder gezeigt haben, und zwei oder drei ihrer Fotos hingen dort, aber Du warst auf ihnen nicht zu sehen, ich hätte mich an Dich erinnert.

Valmira Surroi 18:59

Erzähle mir von Cihan.

Senthil Vasuthevan 📱 19:07

ich werde dir schreiben, sobald ich wieder zurück bin.

Senthil Vasuthevan 01:47

einige tage vor meinem umzug nach berlin, als ich meine bücher in kartons einzupacken begann und sie aus den fächern des expedit-regals nahm und am ende des ersten buchstabens – eine wand trennte und verteilte ihn auf zwei gleich große bereiche, oben links – beinahe angelangt war, zögerte ich, ohne erkennbaren grund; ich habe das buch in meiner ersten woche in marburg im roten stern gekauft; es war eine gelbe reclamausgabe und die kanten waren angestoßen. ich durchblätterte es der gewohnheit gemäß von links nach rechts, und aus an den rändern nachgedunkelten seiten, wellig von einem halben glas wasser, musste der zettel gefallen sein, der neben meinem rechten fuß auf dem boden, auf einer diele lag, als wäre sie eine zeile. dieser karierte fetzen, nur wenige zentimeter groß und zum ende hin kleiner werdend wie ein nach rechts abrupt abfallender graph in einem koordinatensystem, über das hellgrau schwacher kreuzungen, über keinen seitenrand, aus einem block langsam vielleicht herausgerissen, war alles, was cihan hinterlassen hatte, dort, in diesem zimmer, das einzige materielle zeugnis seiner anwesenheit, das ich besaß, ohne es zu wissen. ein ausrufezeichen hat das stück papier getragen, darunter worte, drei oder vier, unleserlich mit bleistift geschrieben und kurz wie eine sekunde. ich wusste nicht, aus welchen seiten es gefallen war. ich wusste nicht, welches kapitel es ausrufen und welche passage es bezeichnen sollte. es lag in meiner hand geduldig.

Senthil Vasuthevan 02:08

im bistro der mensa wollte ich mich nach einer vorlesung an einen tisch setzen, und ich sah yaosi, am eingang, links, am fenster. er saß neben ihr. einige tage später erkannte ich cihan im hörsaalgebäude wieder, seine roten kopfhörer aus dem augenwinkel. an einem tisch angelehnt, den blick auf einen himmel grau wie glattgestrichener zement und den gepflasterten vorhof darunter, auf die wiese daneben, auf der du und yaosi noch nicht saßet, den blick durch glas, nach außen gerichtet, aßen wir lahmacun, die tags zuvor seine mutter gebacken und er am morgen in alufolie verpackt hatte. er sagte, eigentlich müssten wir die fladen mit zitronensaft beträufeln und mit rucola und roten zwiebeln essen. er lud mich nach gießen ein, wo er mit seiner familie in einem neubauviertel wohnte; sie hätten das haus mit freunden aus der moschee in nur wenigen monaten gemeinsam errichtet. im gegenlicht, das schräg durch die offene terrassentür in das wohnzimmer fiel, leuchtete der cay, den seine mutter uns brachte, goldbraun wie bernstein. er wollte seine eltern nicht belasten, deshalb wohne er noch bei ihnen. sein vater besaß ein restaurant in der gießener innenstadt, in dem ich einmal nur war und damals noch nicht gewesen bin; vielleicht besitzt er es noch heute; vielleicht steht es am selben ort. ihr haus lag an einem hang, zu sehen für wenige sekunden aus dem zug von marburg nach frankfurt und zurück, immer dann, wenn charlotte und ich ihre großeltern besucht hatten. cihans mutter brachte ein fotoalbum, schwarzbraun war der ledereinband, keine wortreihe darauf, und sie legte ihre finger auf die klarsichtfolie über bilder, die den rohbau und das richtfest zeigten. nach dem abitur leistete er den wehrdienst bei der marine ab. in seinem zimmer im dachgeschoss, neben dem, das sich seine beiden jüngeren brüder damals teilten, öffnete er am computer beiläufig, während er über das bilderverbot im islam sprach, einen gelben ordner, der jpg-dateien enthielt, verstreut über die leichte krümmung des röhrenmonitors; die glühbirne an der decke war unbeschirmt. er war auf dem einsatzgruppenversorger berlin stationiert, der vor der küste sumatras mitte januar zweitausendfünf eintraf, um hilfe nach dem tsunami im indischen ozean zu leisten. er unterstützte den wiederaufbau des provinzkrankenhauses in banda aceh. er besuchte mit mir ein proseminar zu thomas von aquins de ente et essentia. jede seite seiner orangefarbenen reclamausgabe war mit anmerkungen beschrieben, auf beiden seiten, im lateinischen original und in der deutschen übersetzung, auf dem rand und zwischen den zeilen; sie lag auf seinem schreibtisch, links neben der tastatur. er war in paulinas referatsgruppe. das einzige foto, das er nicht selbst geschossen, sondern auf spiegel online gefunden und gespeichert hatte, hielt eine fläche aus der luft fest, auf der, von grundstücksgrenzen und wenigen palmen abgesehen, eine moschee nur noch zu sehen war, fast unbeschadet und weiß, soweit zu erkennen; teerreste einer hauptstraße führten an ihr vorbei und trennten das bild in zwei gleich große bereiche.

Senthil Vasuthevan 02:31

ich weiß nicht, ob es einen zusammenhang gibt zwischen dem, was bilder andeuten, und seinem tod, es gab eine zeit, in der wir geglaubt hatten, einen vermuten, eine verbindungslinie sehen zu können, wir haben es erwogen in der nacht, in der wir davon erfuhren. yaosi rief mich aus dem bus an, sie war bereits auf dem weg zu mir, ein freund, er ist es, der mir von charlotte manchmal erzählt und der den anruf von cihans jüngerem bruder erhalten und mir eine nachricht über den msn messenger geschrieben hatte, die telefonleitung war besetzt gewesen, stand fast vor der tür, ein anderer kam nach, sobald ich ihn erreichen konnte; er wohnte nur wenige minuten zu fuß entfernt, in demselben haus, in dem sich das neunzehnhundert damals befand und sich vermutlich auch heute noch befindet. wir saßen in meinem zimmer, mutmaßend, und wir tranken das leitungswasser nicht, das staub fing, in gläsern über stunden. erst als ich meine bücher in kartons einzupacken begann, erst als der karierte fetzen neben meinem rechten fuß zwei jahre später auf dem boden lag, erinnerte ich mich daran, dass cihan mir drei tage zuvor in der aula der fakultät augustinus' bekenntnisse zurückgab, nachdem er einen absatz aus dem zehnten buch vorgelesen hatte. sieh, wie weit ich herumgelaufen bin in meinem gedächtnis auf der suche nach dir, herr. außerhalb seiner habe ich dich nicht gefunden. das buch lag aufgeschlagen in seinen händen. jede zeile, die er las, wurde von keinem zeigefinger unterstrichen, nicht nachgefahren, von links nach rechts, sinn, dem bruch am ende der zeilen entgegen. es gab keine bremsspuren. der zettel war nicht herausgefallen, er musste an einer anderen stelle gelegen haben, eingeklemmt von sätzen, gegenüberliegenden. aber wie kann ich meinen gott anrufen, meinen gott und herrn, da ich ihn doch in mich hineinrufe? wo ist der ort in mir, wohin mein gott kommen soll? auf seiner studivz-pinnwand wurden mitteilungen hinterlassen, notizen der verstummung, im minutentakt geschrieben, gesprochen in eine andere leere, auf deutsch, türkisch und arabisch; der, an den sie adressiert waren, lag noch nicht verschlossen, noch nicht in poliertem holz. zu allah gehören wir und zu ihm kehren wir heim. während des gebets standen wir neben ihm, neben dem, was übrig blieb. man kann den mund quer über das gesicht ziehen, als ob er eine spaltung des ganzen kopfes wäre, und doch bleibt er keinem mund ähnlich; das gemaserte holz trennte uns in zwei bereiche. der baum steht noch heute am selben ort. alle anzeichen habe ich übersehen. yaosi sahen wir abends in der innenstadt, im restaurant seines vaters wieder. sie saß mit cihans schwester an einem langen tisch, über dem eine weiße decke lag; sie strich sie mit ihrer linken hand glatt. der november war mild, langsam. in der nähe des eingangs, rechts, saßen wir an einem schwarzen fenster. rucola und rote zwiebeln lagen in der mitte des lahmacuns, geviertelte zitronen in der silberschale daneben. der cay war kalt und hatte den rand des glases schon verfärbt.

Valmira Surroi 02:48

Ich weiß nicht, was ich sagen soll.

Senthil Vasuthevan 02:50

kannst du nicht schlafen?

Valmira Surroi 02:54

Yaosi hatte ihn nie erwähnt.

Valmira Surroi 02:54

Vielleicht konnte er die Bilder nicht vergessen.

Valmira Surroi 03:00

Ich habe auf Dich gewartet.

Senthil Vasuthevan 03:03

ich bin heute früher gegangen als sonst.

Senthil Vasuthevan 03:04

wir kennen keine gründe.

Valmira Surroi 03:05

Wie meinst Du das?

Senthil Vasuthevan 03:08

vor einigen wochen traf ich auf der geburtstagsfeier einer freundin mehtap. wir verabredeten uns am nächsten abend bei transit, in der nähe des rosenthaler platzes; m.i.a. und kendrick lamar liefen im hintergrund. sie wollte heute nach ihrem yogakurs zu mir kommen. ich habe seit tagen weder aufgeräumt noch gearbeitet, die woche davor fast durchgehend bei ihr verbracht. sie wollte, dass ich wieder über nacht bleibe. ich nahm ein taxi zurück.

wir haben nicht mehr viel zeit.

Valmira Surroi 03:16

Wir können nur aus dieser Entfernung zueinander sprechen.

Senthil Vasuthevan 03:18

ich weiß.

Valmira Surroi 03:28

Am Tag nach ihrem Abiball fragte mich meine Schwester, ob ich mit ihr ihre Schüler besuchen wolle. Sie war sechzehn, als wir im Ersten eine Dokumentation über eine Familie gesehen haben, sie hieß Wadim, wie ihr ältester Sohn. Wir standen im Wohnzimmer und nachdem wir die Kleidung gefaltet und in Tüten gelegt hatten, sagte meine Mutter, das sei ein Kreislauf, früher hätten wir das, was wir an uns trugen, von anderen erhalten, und heute würden wir unsere Dinge weitergeben. Durch den Zaun konnte ich drei Mädchen erkennen, die auf dem Hof Himmel und Hölle spielten. Sie seien über das Mittelmeer gekommen, sagte Yaras Mutter später in der Gemeinschaftsküche, sechs Tage sollte es dauern, von Alexandria nach Italien, und es wurden zwölf, no one puts their children in a boat unless the water is safer than the land. Wir tranken syrischen Anistee und ich betrachtete die Walnussstücke darin, die auf der Oberfläche schwammen, als sich Yara zu mir setzte und sagte, dass sie schon schreiben könne und ob ich es sehen wolle. Sie nahm einen der Blöcke, die wir ihnen mitgebracht hatten, und sie schrieb ihren Namen hinein, sie schrieb ihn auf die Linie. Ihre Fingerkuppen sahen nicht aus, als hätte ihre Mutter sie abgeschliffen. Wir haben ihnen auch Stifte gegeben, eine Packung Fineliner, wie die, die mir Tante Elisabeth und Onkel Wilhelm geschenkt hatten, Fingerabdrücke wachsen nach zwei oder drei Wochen wieder nach. Yara sagte, sie dürfe bald die Schule besuchen. Meine Schwester hätte ihr das Schreiben beigebracht. Wir blieben zwei oder drei Stunden, und als wir gehen wollten, umarmten und küssten sie uns. Yara bedeute *kleiner Schmetterling*. Sie ballte ihre Hände zu Fäusten und führte sie an der Seite der Daumen aneinander, und sie bewegte sie auf und ab, um mir ihren Namen zu zeigen.

Senthil Vasuthevan 03:44

anfang juni, kurz nach meiner rückkehr aus new york, war ich mit meinem jüngeren bruder eine woche in istanbul. ich begleitete ihn zu einer konferenz, auf der er ein kapitel seiner doktorarbeit über den völkermord an den tamilen vorstellte. unser hostel lag in beyoglu, auf der europäischen seite der stadt, im schatten des galataturms. istanbul hatte sich, zumindest in den bezirken, in denen wir uns aufgehalten haben, seit meinem letzten besuch vor zwei jahren kaum verändert, und dennoch war es ein anderer ort, der sich zeigte: es lag eine andere abwesenheit in den stimmen der kinder, die taschentücher am taksim platz zum verkauf anboten, es lag eine andere erschöpfung in den gesichtern der menschen, die auf dem pflaster der istiklal caddesi, im bereich dieser nacht, vor dem verschlossenen tor der schwedischen botschaft warteten. eine familie, es könnte eine familie gewesen sein, saß an der weißen mauer angelehnt, die eltern mit dem rücken, die köpfe zweier schlafender kinder auf dem schoß der vermuteten mutter. neben dem mann, links neben seinem knie, er saß im schneidersitz, lag der syrische pass aufgeschlagen wie ein offenes auge; die sonne hatte das lichtbild ausgeblichen. er legte seinen zeigefinger auf die folie, in die die seiten eingeschweißt waren, um das zufallen zu verhindern. mein bruder hatte zu beginn seines studiums einen arabischkurs belegt. als wir vor ihnen standen, wusste er kein wort zu sagen. es blieb die stille, aus der heraus geschwiegen wurde, in sie gingen sie wieder zurück. wir gaben ihnen die wasserflaschen und simits, die wir von einem fliegenden händler zuvor gekauft hatten, und die lira, die wir besaßen.

Senthil Vasuthevan 03:58

auf der promenade, die einen teil kadiköys begrenzt, von gesteinsbrocken abgeschirmt, erzählte er beiläufig, als hätte er an einen bereits bekannten sachverhalt nur erinnert, dass unsere tante, eine ältere schwester meiner mutter, während ihrer flucht mehrere monate ohne papiere in istanbul festgesessen hatte. auf dem foto, das ich dir vor zwei tagen gezeigt habe, ist sie das mädchen links neben dem kind, das seinen rechten arm auf dem tisch abstützt. seit nahezu zwanzig jahren wohnt sie in deutschland, zweiundvierzig kilometer von unseren eltern entfernt; ihre aufenthaltserlaubnis ist mittlerweile unbefristet. sie besitzt einen reiseausweis für staatenlose, eine art passersatz; dieses blau und das rot unserer pässe trennt in zwei bereiche. eminönü und beyoglu lagen vor uns, ausgebreitet, vom bosporus getrennt und von der galatabrücke asphaltgrau verbunden. die minarette der hagia sophia und der blauen moschee auf dem hügel fatihs waren aus der entfernung zu sehen wie auch fischerboote während der übersetzung an das asiatische ufer vor stunden, und auf dem schwarzen meer lagen containerschiffe, klein und unbeweglich nur dem anschein nach, wie figuren auf einem brettspiel; der stahl blendete nicht. mein bruder stieg auf einen brocken, auf die spaltung des gesteins und fotografierte die szenerie mit seinem iphone. er hielt mir das display vor die augen, auf dem, schwarz fast vom gegenlicht der sonne, ich die spiegelung meines gesichts sehen konnte. auf der bank vor den wellenbrechern saß ein älterer mann, dessen stand, er verkaufte luftballons, pastellfarben, sie hingen an schnüren, an zwei holzstäben gespannt, die in den zwischenräumen des gesteins befestigt worden waren. ich wusste nichts von diesem zusammenhang. ich wusste nicht, dass etwas, dass jemand mich mit dieser stadt verband, noch ehe ich sie kannte. es scheint orte zu geben, die nicht verschwinden – auch dann nicht, wenn sie verlassen wurden, ohne zuvor betreten worden zu sein.

Valmira Surroi 04:12

Am Morgen nach unserer Ankunft weckte mich mein Vater. Wir nahmen einen Bus, und während der Fahrt sah er aus dem Fenster und er sagte kein Wort. Ich wusste nicht, wohin wir fuhren. Axha Granit und mein Vater kannten sich seit dem ersten Semester. Er verlobte sich später mit meiner Tante, einer älteren Schwester meiner Mutter, die ein blaues Kleid mit weißen Punkten darauf getragen hatte, als wir das letzte Mal auf dem Markt gewesen waren, hier, in Prishtina. Sie hieß Jehona, und als Du das erste Mal *Jehova* geschrieben hast, habe ich ihren Namen gelesen, sie sind nur einen Buchstaben voneinander entfernt, Du weißt es, Du weißt, welcher es ist. Ich stand neben ihr, als wir dem Fischverkäufer dabei zusahen, wie er den Tieren auf den Kopf schlug und ihnen mit einer Handbewegung den Bauch aufschnitt, und er nahm ihre weißlichen Gedärme heraus, die die anderen Fische aßen.

Valmira Surroi 04:22

Am Zaun hingen neben den Vermisstenanzeigen Plastikrosen, die mit kleinen Drähten daran befestigt waren, und auch getrocknete steckten in ihm. Mein Vater trat an jedes einzelne Bild heran, so stand er vor jedem Gesicht, und ich stand hinter ihm. An die Zeit vor unserer Flucht kann ich mich kaum erinnern. Nur Bruchstücke sind geblieben. Ich erinnere mich an die schwarzen Pupillen, die auf mich gerichtet waren, und ich griff nach der Hand meiner Tante und sie war warm. Als ich eine feste Zahnspange erhielt, konnte ich zwei Tage lang meinen Mund nicht mehr bewegen, und als der Kieferorthopäde mich in der Sitzung vor der Behandlung gefragt hatte, welche Farbe die Brackets haben sollten, hatte ich gesagt, sie sollten rot sein. Mit meinen Eltern habe ich erst spät begonnen, darüber zu sprechen. Sie sprachen nie, wenn meine Schwester oder ich in der Nähe waren, und wenn wir einen Raum betraten, begannen sie zu schweigen oder über unsere Schule zu sprechen. Erst langsam fingen sie an, davon zu erzählen. Sie fingen an zu erzählen, wie in Klassenzimmern Wände eingezogen wurden und Vor- und Nachmittagsunterricht eingeführt wurde, um serbische Schüler von albanischen zu trennen, sie fingen an zu erzählen, wie an Schulen und Hochschulen nur noch Serbisch gesprochen und gelehrt werden durfte, und wie Polizisten in die Räume der künstlerischen Fakultät kamen und mit einer Handbewegung die Bilder zerschnitten, sie kamen ohne Ankündigung. Keshtu filloi, so fing es an, sagen sie. Als albanische Studenten und Professoren die Universität verlassen mussten, begannen sie langsam, Veranstaltungen in Privatwohnungen zu verlegen. Axha Granit und mein Vater gaben Seminare im Haus ihres Betreuers. Sie sprachen Albanisch, und ihre Studenten wurden immer weniger.

Valmira Surroi 04:30

Vielleicht hing einer von ihnen am Zaun oder mit Reißzwecken am Baum daneben, und vielleicht hat mein Vater ihn nicht wiedererkannt. Die Fotos und Computerausdrucke waren eingeschweißt oder in Klarsichtfolien gelegt worden, und darunter standen ihre Namen und ihre Geburtsdaten und der Ort und Tag, an denen sie zuletzt gesehen worden waren, ich konnte kaum etwas erkennen. Die Witterung hatte das Papier gewellt und die Schrift und ihre Gesichter verschmiert. Ihre Farben verliefen sich und das Fleisch war blau und rot und grün und lila, das sie zurückließ, und kein Gesicht war mehr als ein Gesicht zu erkennen. Man kann den Mund quer darüber ziehen, als ob er eine Spaltung des ganzen Kopfes wäre, und er bleibt einem Mund ähnlich.

Senthil Vasuthevan 04:38

mitte der fünfziger jahre verabschiedete das parlament in sri lanka, das ceylon damals hieß, den official language act no. thirty-three of nineteen fifty-six, der auch sinhala only act genannt wurde, und der englisch, amtssprache seit der kolonisierung durch die briten achtzehnhundertfünfzehn, durch singhalesisch ersetzte. tamil ist muttersprache von einem drittel der bevölkerung. noch heute werden urteile größtenteils auf singhalesisch gesprochen. noch heute prägt die sri lankische armee das stadtbild jaffnas.

Valmira Surroi 04:43

Ismail sagte, dass die drei Buchstaben Q, X und W in der Türkei verboten seien, nachdem Atatürk die lateinische Schrift hatte einführen lassen.

Sie kämen nur im kurdischen, nicht aber im türkischen Alphabet vor.

Nur im Kurdischen stehen sie unter Strafe.

Sie seien auf jeder Tastatur.

Senthil Vasuthevan 04:49

als du am ersten tag von den kuppeln auf der nationalbibliothek gesprochen hast, habe ich mir die fotos angsehen, die google mir zeigte, bilder neben und unter bildern, verstreut über dem monitor. sie erinnerten mich an die auf dem dach der bibliothek jaffnas, auch sie kenne ich nur aus dem internet; kein trübes licht würde von diesen kuppeln auf deine hände fallen, und auch heute nach ihrem wiederaufbau würde es das nicht; sie sind nicht aus glas. vor zweiunddreißig jahren, bevor sie und die siebenundneunzigtausend bücher und palmblattmanuskripte in ihr verbrannt wurden, war sie die größte bibliothek asiens. auf wikipedia las ich, dass einhunderttausend albanische bücher und auch die einrichtung in den lesesälen zerstört worden seien, die aufgeschlagenen bücher, die neben den aufzeichnungen deiner eltern gelegen haben könnten, die stühle, auf denen sie vielleicht saßen, und auch die maserung, die sie nachgefahren sind; du weißt es. mein vater sagt, an diesen beiden tagen, in denen die bibliothek brannte, hätten die tamilen ihre sprache und ihr gedächtnis verloren. niemand würde sich mehr erinnern können. und auch wir erinnern uns an nichts.

Senthil Vasuthevan 05:00

in den fotoalben meiner eltern liegt über jeder seite, auf der bilder neben und unter bildern sorgfältig arrangiert und mit angaben zu ort und datum versehen wurden, eine folie zum schutz vor beschädigungen durch berührung. auf einem, ich nahm es heraus in einer nacht, in der ich keinen namen rief und in der keiner meinen in mich hineingerufen hatte, und bis zuletzt habe ich nicht die gefalteten tesafilmstreifen entfernt, die auf der rückseite, an den gerundeten ecken, aufgeklebt worden waren, vier stück an der zahl, auf einem dieser bilder unter keiner folie ist mein bruder zu sehen, sein rücken, sein hinterkopf, der wirbel. er sitzt auf dem motorrad meines vaters, mit beiden händen am lenker und diesseits der mauer, die von einer rotbraunen linie in ihrer mitte geteilt wird, waagrecht; handbreit. das haus, das sie umgibt, gehörte meinen eltern. unser vater hatte es schon verlassen. im rechten rückspiegel, der linke war abgeschnitten, sind zwei frauen nicht zu erkennen, aber angedeutet, und sie füllten ihn aus, so, wie sie auf der veranda nebeinander standen; vielleicht haben sie sich meinem bruder anders gezeigt; vielleicht haben sie sich ihm zu erkennen gegeben; vielleicht sah er ihr gesicht, ihre körper und die kleidung, die sie getragen haben, darin, und vielleicht waren meine tante, die jüngere schwester meines vaters, und meine mutter, ich müsste in ihrem bauch bereits gewesen sein, nur auf dem bild, das ich schon lange nicht mehr besitze, schatten, die ihn sahen und mit augen vermaßen, seinen rücken und hinterkopf und wirbel.

Valmira Surroi 05:08

Als ich in der Schule zum ersten Mal die Geschichte von Lot und seiner Frau hörte, habe ich mich gefragt, warum ich nicht auch zu einer Salzsäule geworden bin, damals.

Meine Eltern sagen, ich hätte zwei Monate lang nicht gesprochen.

Ich schaute auch zurück.

Valmira Surroi 05:18

Auf meiner Chronik findest Du ein Foto, das von gestern Abend, Du wirst zwei Schatten darauf sehen, sie fielen auf eine Wiese. Ihre Beine waren lang und sie streckten sich weit über die Mitte des Bildes, das der linke von ihnen geschossen haben könnte, seine Arme sehen angewinkelt aus, als würde er eine Kamera vor dem Brustkorb halten. Während ihres Studiums gehörten axha Granit und mein Vater einer Gruppe von Studenten an, die Zeugenaussagen dokumentierten. Sie kamen aus den umliegenden Dörfern, und sie begannen zu erzählen, nichts durfte verlorengehen, alles musste aufgeschrieben werden, hat mein Vater gesagt, alles. Als er mich vor ein paar Tagen zum Bahnhof brachte, erzählte er mir von einer Frau, die zu ihm gekommen war und die von einem kleinen Mädchen gesprochen hatte, sie hätte sich mit zwei Fingern, den Zeige- und Mittelfinger leicht gespreizt, im Unterricht gemeldet. Ihr Lehrer hatte das Victory-Zeichen gesehen. Mein Vater nahm seine rechte Hand vom Lenkrand, und auch er spreizte beide Finger, während er auf der Fahrt über sie sprach, sie war noch im Klassenzimmer verhaftet worden. Axha Granit und er saßen abends oft mit Freunden im Grand Hotel, und durch den Rauch der Zigaretten habe er die Gesichter der Menschen nicht mehr erkennen können, die ihm gegenübersaßen, und auch das von axha Granit habe er nicht wieder gesehen. Wir besitzen nur dieses Bild von ihm. Wir besitzen nur dieses Bild, und ich kann Dir nicht sagen, welcher von den beiden Schatten er und welcher mein Vater ist.

Senthil Vasuthevan 05:23

auch schatten können schatten werfen.

channel four, ein britischer fernsehsender, strahlte vor zwei jahren eine dokumentation aus, die über die letzten wochen des bürgerkriegs berichtete; aussagen von augenzeugen, die unkenntlich, als schattenrisse nur zu erkennen waren, sowie kriegsverbrechen auf verpixelten bildern und in verwackelten videos, von handykameras aufgenommen, wurden zum ersten mal einer öffentlichkeit gezeigt. mein jüngerer bruder schickte mir den link, *sri lanka's killing fields* ist ihr name; du wirst sie noch auf youtube finden. es gab eine einstellung, die auf sandigem boden sitzende frauen zeigte, die bilder von vermissten und verstorbenen hochhielten, vermutlich angehörige. der qualität, den mit computern hinzugefügten gegenständen wie blumen und vögel, dem bunt animierten hintergrund, aber auch der vergleichsweise festlichen kleidung der abgebildeten zufolge schienen sie in einem fotostudio entstanden zu sein. sie erinnerten mich an die bilder, die mein vater von seinem jüngeren bruder manchmal erhalten hatte, seine frau und kinder darauf, vor jahren, als ich noch zur schule gegangen war, in einem umschlag, der keiner war, sondern das briefpapier selbst, dreifach gefaltet nur. während wir am hafen auf die fähre zurück nach beyoglu warteten, erzählte mir mein bruder, dass er sich früher oft gefragt hatte, weshalb verwandte, die noch in sri lanka waren, verwandte, die sich meldeten, die sich melden konnten, so viel geschrieben haben, wenn dieser ort so aussähe, wie auf den briefmarken dargestellt, hügelige teeplantagen und gebogene palmen vor dem indischen ozean, ausgeschnitten und stillgelegt wie die wandtapete mit einem ähnlichen motiv, die in der küche des asyllandheims hing, in dem unsere tante untergebracht war; heute könnten weder wir noch sie die wege nehmen, die wir genommen haben; heute wären wir nicht hier. ich weiß nicht, wo mein onkel und seine familie geblieben sind. die schrift auf der innenseite des briefs war noch auf dem umschlag zu erkennen, reihen spiegelverkehrter erhebungen, millimeterhoch; sie drückten durch, als wollten sie aufbrechen und sich auf einen weg machen, als wollten sie die dinge aufbrechen, die wörter aufbrechen; vielleicht sind sie zu weit gegangen, vielleicht, vielleicht sind sie noch nicht weit genug gegangen, vielleicht ist das die art, wie sinn allein erscheint, unbeabsichtigt und unterwegs, auf der rückseite der zeichen, als buchstabenschatten, der selbst schatten wirft, als bewegung unter dem papier, verborgen, flüchtig; wer sie schrieb, blieb ihnen nicht mitgegeben. bis zur äußersten bedeutung der wörter müssen wir gehen. ich weiß nicht, was aus ihnen geworden ist. seine älteste tochter ging zu den tigers; das wussten wir. auf einem bild stand sie neben einer wand, es war vielleicht die vor ihrem haus, und sie sieht in die kamera; das radio auf dem stuhl daneben könnte vielleicht die nachricht überbracht haben. mein vater sagt, jedes medium würde uns diese eine nachricht überbringen. der vorgedruckte rand auf der umschlagseite, der absender und empfänger, der die adresse unseres onkels und unsere rechteckig umrahmte – er schien es nicht gewohnt gewesen zu sein, in lateinischen buchstaben, majuskeln ausschließlich, zu schreiben, der stiftunruhe ihrer gestalt nach zu urteilen –, der rand war gestreift, blau und rot, von gleich großen weißen flächen getrennt; *sri lanka* hatte er darauf ein-, *west germany* zweimal unterstrichen, obwohl die mauer vor jahren schon gefallen war.

Valmira Surroi 05:54

Im Gemeinschaftsraum stand ein alter Fernseher. Als ich daran vorbeilief, sah ich, wie meine und Afrims Eltern davor standen, und seine Mutter hielt ihre Hand vor den Mund. Es waren die ersten Bilder von Prishtina, die ich seit unserer Flucht gesehen habe, alles sah anders aus als in meiner Erinnerung. Sie waren körnig und flimmerten, und manchmal wurden sie von weißen Streifen durchquert, bis jemand mit der flachen Hand auf den Fernseher schlug, zwei- oder dreimal. Ich erinnere mich daran, dass ich nichts von dem verstand, was die Menschen in den Nachrichten sagten. Sie sprachen Albanisch und eine Stimme aus dem Hintergrund übersetzte es und sie klang jünger und lauter als die des alten Mannes, über die sie sich mit einigen Sekunden Verzögerung legte, der Bericht dauerte nur ein oder zwei Minuten. Sie standen in einem Halbkreis, und in ihren Gesichtern habe ich das hellblaue Flackern des Bildschirms gesehen. Es war Abend. Es war Abend und keiner bewegte sich. Die Kamera war auf sein Gesicht gerichtet, und neben ihm waren in der Mauer dahinter

Einschusslöcher zu sehen, so groß und dunkel wie seine Augen.

Senthil Vasuthevan 06:04

das vierte und letzte asyllandheim, in dem wir wohnten, lag im hinterhaus einer ehemaligen metzgerei. eine ältere frau aus der nachbarschaft begann uns zu besuchen; unsere mutter nannte sie *amma* und wir haben sie nicht *amamma* gerufen; wir sagten *oma*. wenn unsere eltern arbeiten gingen, passte sie auf uns auf. sie backte käsekuchen mit mandarinen. sie feuchtete ihre finger mit etwas speichel an, wenn sie die seiten umblätterte, und auch ich legte meinen rechten zeigefinger auf die zungenspitze, wenn ich so tat, als könnte ich bereits lesen. wir wussten, dass sie sich auf den sessel mit dem rücken zur tür setzte und fernsah, nachdem sie uns ins bett gebracht hatte, und dort auf dem dunkelgrünen stickmuster wartete sie, bis unsere eltern zurückkamen. sie las uns die unendliche geschichte vor. sie las uns aus der einheitsübersetzung vor. sie sagte, *hier in diesem land* dürften wir nur deutsch sprechen. sie sagte, tamil sei eine *katzensprache*. unsere mutter nannte sie *amma* und wir sagten *oma* zu ihr. ich kenne nicht ihren vornamen. sie hat alles für uns getan.

in der oberfränkischen kleinstadt, in der wir aufwuchsen, wurden anfangs drei tamilische familien, zwei aus dem iran und drei kurdische untergebracht, und jeder wurde eine kleine wohnung zugewiesen, allen in diesem haus; wir wohnten im vierten stock, die anderen verteilt darunter. oma ließ die tür einen spalt weit geöffnet, damit der fernseher uns nicht weckte und sie uns noch hätte hören können, wenn wir wach blieben und über die spider man und x-men comics redeten, die wir unter der decke mit taschenlampen gelesen oder angesehen hatten. mein älterer bruder stand auf und schlich in den korridor, so, wie er es immer tat, wenn er nicht einschlafen konnte, und manchmal folgte ich ihm, auf gespitzten zehen. wir standen im türrahmen, angelehnt und rückengebeugt, und wir schauten durch den feinen streifen licht, den sie ließ und der flimmerte; hellbläulich schien er auf unsere pupillen, an ihren unter glas vorbei, und wir werden uns das halbierte auge zerstört haben am grund der bilder. als sie starb, sagte ihr sohn zu meiner mutter, sie könne aus ihrer wohnung nehmen, was sie braucht, und meine mutter nahm ihre brille; sie liegt auf dem provisorischen hausschrein, einem mit weichem strohgeflecht bezogenen stuhl, neben dem bild ihrer eltern.

ich erinnere mich. wir wussten, wann aktenzeichen xy lief. die sendung hatte bereits begonnen. als wir nach zehn oder fünfzehn minuten die wörter *tamilische flüchtlinge* und *sri lanka* hörten, schob mein bruder mich mit seinem ellenbogen zur seite, aber ich konnte aufgequollene körper noch sehen, kurz und an der oberfläche, für einige sekunden wasser im fleisch; es war nicht blau und nicht rot und nicht grün und nicht lila, aber es war schwarz und weiß, unterschiedslos, so wurden sie gezeigt, in dieser lage. ich erinnere mich nicht an den namen des flusses und auch nicht an den einer nahe liegenden ortschaft, die genannt wurden, bestimmt; sie könnten in der nähe der tschechischen grenze vielleicht, vermutlich gelegen haben, und vielleicht, vermutlich liegen sie noch immer dort, in einer gegend, die sich kaum nennt und in der sich nichts vielleicht erinnert. das prinzip aller dinge ist das wasser, aus wasser ist alles und in wasser kehrt alles zurück, es nimmt und nimmt gedächtnis. sie hätten schnee gegessen. sie wollten nach deutschland kommen, hierher, durch wälder und durch dieses kleine stück noch zu fuß, das konnte ich hören, durch den spalt, den oma ließ, bevor sie sich umdrehte und uns sah, unter glas, körper ohne bewegung in rückengebeugter form, und die flüssigkeit auf dem schlafanzug meines älteren bruders, die über seine beine rann; langsam.

Valmira Surroi 06:24

Und diese Schatten liegen nicht hinter uns.

Sie sind uns immer voraus.

Valmira Surroi 06:32

Die erste Sendung, die ich hier in Deutschland gesehen habe, war das Glücksrad. Ich erinnere mich daran, wie ich mit meiner Tante in ihrem Wohnzimmer saß und sie mich fragte, ob ich etwas anderes sehen wolle, und sie gab mir die Fernbedienung. Ich schaltete durch, bis ich auf eine Wand stieß. Eine Frau stand an ihrer Seite und zwei Großbuchstaben waren auf ihr zu sehen, sie waren beleuchtet und die anderen Flächen waren leer. Onkel Wilhelm öffnete die Tür der Veranda und setzte sich neben mich, und nach einigen Minuten begann er, mir die Regeln zu erklären, während die Frau mit einer Handbewegung die dunkleren Flächen umdrehte, Buchstabe für Buchstabe, nachdem ein Kandidat sie genannt hatte. Zwischen den Wörtern lag eine Fläche, in der sich Teile der Studiodekoration spiegelten, und ich erinnere mich daran, dass das Rad ähnliche Farben besaß wie der Ball im Logo darüber. Wir waren bereits einige Monate hier. Ich durfte noch nicht die Schule besuchen, aber ich erinnere mich an einen Satz, den Onkel Wilhelm sagte und den ich schon damals verstand: Jeder Buchstabe habe seinen Preis.

Einige Monate später saßen wir wieder in ihrem Wohnzimmer und im Hintergrund lief die Tagesschau. Eliona war noch klein, und sie lag auf meinem Schoß und schlief, und ich zählte ihre Wimpern. Ich habe die Bilder nicht gesehen, als eine Stimme sagte, sie würden keine Papiere besitzen, aber dass sie über Menschen, die geflohen waren, sprach, das wusste ich. Onkel Wilhelm betrat den Raum und er setzte sich auf den Sessel neben mir und ich sagte zu ihm und zu meiner Tante und zu meinem Vater, die am Esstisch saßen und Schach spielten, dass wir hier in Deutschland genügend Papiere hätten, ich hätte es gesehen, als wir vor meinem ersten Schultag Hefte und Stifte gemeinsam kauften, und dass es unterschiedliches Papier gebe, liniertes, kariertes und auch leeres, mit großem, kleinem und keinem Rand und in verschiedenen Formaten, deren Größe ich ihnen mit meinen Händen zeigte. Ich würde ihnen meine Hefte geben und wir könnten morgen früh wieder zu Globus fahren und wir könnten Blöcke kaufen und wir würden mit dem Taschengeld meiner Eltern bezahlen und es würde reichen. Ich wusste nicht, dass *Papier* und *Papiere* nicht dasselbe bedeuteten. Ich wusste nicht, dass *Papiere* nicht der Plural von *Papier* ist. Ich wusste nicht, dass ein einzelner Buchstabe den Sinn eines ganzen Wortes verändern konnte, ich wusste es nicht, bis zu diesem Augenblick, aber ich wusste, dass ich das, was Onkel Wilhelm Monate zuvor zu mir gesagt hatte, damals nicht verstand, und erst jetzt beginne ich zu verstehen. Jeder Buchstabe hat seinen Preis.

Senthil Vasuthevan 06:47

an einem dienstagmorgen, es könnte in den osterferien gewesen sein, saß unsere tante in der sozialwohnung, die wir nach dem letzten aufenthalt in einem asyllandheim beziehen durften, auf einem mit weichem strohgeflecht bezogenen stuhl. mein älterer bruder und ich mussten noch geschlafen haben, als sie ankam. mein jüngerer saß auf ihrem schoß und aß einen erdnussriegel; sie könnte ihn aus ihrer schwarzen lederhandtasche geholt haben, der einzigen tasche, die sie bei sich trug; zucker konserviert, über die weite der zeit und die dauer des raumes. als wir auf einem gesteinsbrocken am rand der promenade saßen und er mir die mit reis gefüllten muscheln aus einer weißen tüte reichte, sagte er, dass unsere mutter, nachdem er wach geworden war von geräuschen und der tür, im dunkelbraun des türrahmens stand, nicht angelehnt, dass unsere mutter sie mit den worten, *das ist deine tante* vorgestellt hätte, während möwen den himmel ordneten. wir hatten weder onkel noch tanten gesehen, weder mütterlicher- noch väterlicherseits. ich wartete im halbschatten des flurs und betrachtete sie im gegenlicht, im gardinenweiß, das meine sicht verdunkelte. sie legte ihren kopf auf seiner schulter ab. kein wort fiel. unsere tante war plötzlich hier; wie aus dem nichts.

Valmira Surroi 06:49

Er sagte, er würde auf mich an den Beinen der Mutter warten und ich würde sie nicht übersehen. Wir wollten eine Ausstellung im Mori Art Museum besuchen. Ich nahm die Rolltreppe nach oben und gelangte auf einen Platz, und von hier aus konnte ich bereits ihre dünnen Stahlbeine erkennen, acht Stück an der Zahl, und sie reichten bis auf eine Wiese, und auf der Bank davor saß er. Sie war neun Meter hoch und trug einen Beutel, in dem Marmoreier lagen, und auf dem Boden waren vor jedem ihrer Beine kleine Hinweise angebracht worden, auf denen eine Figur zu sehen war, ihre Arme und Beine waren angewinkelt, und sie lief leicht nach vorne gebeugt. Ihr Kopf war vom Körper getrennt, und sie war schwarz und nicht weiß und dunkler als jedes Bein und durchgestrichen. Louise Bourgeois habe diese Spinne *Maman* genannt, nach ihrer Mutter. Hide stand auf und er schaute mich an und er sagte nur ein Wort, ikimashou, lass uns gehen.

Valmira Surroi 06:59

Er hat immer ein weißes Hemd zu dunkler Hose getragen, und zum ersten Mal fiel es mir auf, als wir einige Tage nach der Orientierungsveranstaltung den Senso-ji besuchten. Er stand vorne an der Tafel, und im Raum waren vielleicht dreißig Austauschstudenten, und er sagte, wir sollten ihn *Hide* nennen, und er sprach die ersten beiden Silben seines Vornamens auf Englisch aus. Er nahm eine Kelle und reinigte sich den Mund mit dem Wasser aus dem Brunnen, bevor wir die Tempelhalle betraten. Kurz vor meiner Abreise saßen wir abends draußen in einem Restaurant in einer kleinen Seitenstraße irgendwo in Ginza, und er begann von seiner Großmutter zu erzählen und davon, wie ihre Splitter ausgesehen hätten, er beschrieb sie. Es war das erste Mal, dass er Reste von Knochen aufgelesen und in eine Urne gelegt habe, *kotsuage* sei der Name, sagte er, wörtlich würde es *Knochenheben* oder *Aufheben der Knochen* heißen, und die Asche der Zigarette war auf unsere Teller gefallen, auf denen noch Yakitorispieße lagen. Ich weiß nicht, ob der Himmel hier voller Kabel gewesen war. Wenn er mich anrief, erschien erst sein Name auf meinem Handy, und einige Sekunden später klingelte es, in der Metro klang seine Stimme, als würde er unter Wasser sprechen. Hide wohnte in Nihonbashi, in einem Appartement im siebten Stock, und ich konnte vom Bett aus sehen, wie der Name des gegenüberliegenden Hotels die umliegenden Häuser dunkelblau beleuchtete, und das Licht fiel fast auf die Seite, auf der ich lag, es war ein Toyoko Inn. Wenn ich nachts an der Station ausstieg, versuchte ich, mich an dieser Farbe zu orientieren, sobald ich sie sehen konnte, und auf dem Handtuch waren kleine Blutflecken, er hat sich jeden Morgen rasiert. Ich habe die Straßen und Blöcke gezählt, so merkte ich mir den Weg, von der Metro aus musste ich die zweite Straße rechts nehmen, und über den Dächern lag das Licht der Schrift wie Dunst, wenn ich mich dem siebten Block näherte. Ich konnte seine Abdrücke noch in den nächsten Tagen spüren. Ich habe alle Tickets aufgehoben. Ich zog die Gardinen zurück, sobald er eingeschlafen war. Wir schauten uns im

Kino Kokuhaku von Tetsuya Nakashima an. Du wirst ihn online finden, es war vor drei Jahren, *Confessions* heißt er auf Englisch.

Valmira Surroi 07:05

Nach der Ausstellung saßen wir im Museumsrestaurant direkt am Fenster und er hatte die Ärmel seines Hemds viermal bis zum Ellenbogen umgeschlagen, so, wie er es immer tat, und durch die oberen Knöpfe konnte ich sein Schlüsselbein sehen, vor uns lag der Tokyo Tower. Das Museum befand sich im 53. Stock eines Hochhauses in Roppongi. Roppongi bedeutet wörtlich übersetzt *sechs Bäume*, und der Name besteht aus drei Kanji und das letzte ist das Kreuz mit den zwei leicht nach oben gebogenen Strichen, einer diagonal nach rechts und der andere nach links unten, erinnerst Du Dich? Am Horizont konnte ich den Rohbau des Skytrees erkennen. Ich wollte den Namen einer Installation aufschreiben, und als ich ansetzte, riss er langsam ein Stück oben aus der Seite heraus, und den Fetzen hielt er gegen das Glas. Ich hatte noch nie etwas von Hosho-Papier gehört. Er sagte, als er in New York studiert habe, habe er zum ersten Mal beobachtet, dass *westliches Papier*, wie er sagte, Lichtstrahlen zurückwirft, Hosho-Papier aber würde es absorbieren, wie eine Fläche frischer Schnee. Es wurde früher für Regierungserlasse verwendet und wird heute fast nur noch für Graphiken und Urkunden benutzt. Es würde kein Geräusch erzeugen, wenn man es faltet.

in der neunten klasse, es war das schuljahr, in dem ich in einer band zu spielen begann, präparierte ich am abend vor der ausgabe der halbjahreszeugnisse zahlen. der rote schnellhefter lag aufgeschlagen vor mir. ich saß auf meinen knien, auf dem dunkelblauen teppichboden in meinem früheren zimmer, und ich schnitt noten, rechtecke heraus, auf die eine elektronische schreibmaschine oder ein computer andere zahlen als die, auf die sie noch gelegt werden sollten, vor genau einem jahr gedruckt hatte, auf dem gleichen hellgrünlichen papier; die leere, die sie im zeugnis hinterließen, diese flächen ähnelten flaggen. ich steckte die stücke, sie waren dunkler als der rest des zeugnisses unterlegt, in eine klarsichtfolie; wenn ich von mir selbst zeuge, so ist mein zeugnis nicht wahr. unsere eltern sagten *urkunde* dazu, manchmal auch *report*, wie zu ihrer schulzeit. nach der aushändigung in der letzten stunde setzte ich mich unter den winkel einer treppe, in der nähe der dreifachturnhalle, und ich klebte sie auf andere zahlen, von derselben schreibmaschine oder demselben computer vielleicht bedruckt; vielleicht. ich legte meine hände auf sie, um das trocknen zu beschleunigen; ich legte das zeugnis in die klarsichtfolie; so wollte ich es meinen eltern geben. ein anderer ist es, der von mir zeugt, und ich weiß, dass das zeugnis wahr ist. auf dem heimweg am straßenrand lag schnee aufgehäuft, dunkel, stellenweise nicht verfärbt, und ich wartete, bis ich mit beiden beinen langsam darin einsank; das geräusch, dieses geräusch klang wie das papier, das ich zerschnitten hatte, stück für stück. mein vater hatte früher einen diaprojektor, auf dem er uns manchmal bilder von jaffna zeigte; er könnte im keller stehen, und sie waren groß und an die raue wand geworfen, bilder, die hinweghalfen über den weg, den sie kamen und gekommen waren und die aus seiner sprache genommen wurden und nur gesten und kurze sätze übrig ließen, *hier, unser haus, das ist die veranda, das ist euer onkel, das alles gibt es nicht mehr, das alles haben wir verloren*, und wenn er uns die dias gezeigt und wir das letzte geräusch eines bilderwechsels gehört hatten, stand er im licht und formte mit seinen händen tiere; er hat seine hände nicht zu fäusten geballt; er hat sie nicht an der daumenseite aneinandergeführt; er hat sie nicht auf und ab bewegt; er hat uns seinen namen gezeigt und am ende haben wir die staubpartikel im licht gesehen, die sich nicht bewegten, und ich wusste, dass das zeugnis wahr ist. ich weiß nicht, weshalb mein vater diese bilder mitgenommen hat; er sagt, alles wolle er vergessen. und vielleicht ist das der grund. mein vater saß auf dem grauen sessel, der im wohnzimmer, gegenüber der couch, stand, und streckte mir, ohne sein gesicht mir zuzuwenden, die linierte ballung seiner offenen hand entgegen. im schnee hatte ich mir vorgestellt, wie er das zeugnis herausnehmen und wie die fingerkuppe über die zahlen fahren und wie er ihre erhebung spüren würde, auf schleifen, auf bögen, auf wirbeln. sein kopf senkte sich, der darstellung der fächer gemäß, von oben nach unten und von links nach rechts; sie waren in zwei spalten geteilt. er betrachtete mich über den brillenrand mit waagrecht geteilten augen, ehe er mir das zeugnis zurückgab, ohne etwas zu sagen.

Senthil Vasuthevan 07:30

in marburg gab ich manchmal konzerte, von einer freundin begleitet. wir spielten später zusammen in einer band, sie hieß *ethon;* unser proberaum lag in einem hinterhof in wiesbaden. nach ihrem abschluss studierte sie jazzgesang an der manhattan school of music. sie fragte mich, ob ich mit zu einem recital einer freundin kommen wolle. wir aßen ramen gegenüber der hundred and twentyfifth street station, und auch ahila war in der gruppe, die wir für vier oder fünf stunden waren.

Senthil Vasuthevan 07:39

die luft war schwarz. wir nahmen die subway über die williamsburg bridge, vorbei an den passanten, von denen du an unserem ersten tag gesprochen hast, bis zur halsey street, vielleicht bist du auch schon einmal dort gewesen; hier, dort in der nähe wohnte ich. früher, als ich noch ein kind war, konnte ich menschen, die ich nicht kannte, kaum in die augen sehen, geschweige denn mit ihnen sprechen; erst als ich zu predigen begann, änderte sich das, langsam, vor milchigem glas, vor einem mundspalt, mit blut. ich soll ein talentierter redner gewesen sein, hieß es in unserer heimatversammlung; meine brüder und schwestern sagten, ich sei ein begabter *unge-*

taufter verkündiger; als ich in die schule kam, wollte ich mathematiker werden, das zumindest habe ich in ein freundebuch geschrieben, in der zweiten klasse, oder in der weltzentrale der zeugen jehovas arbeiten und traktate schreiben oder den wachtturm und erwachet übersetzen, in bethel, wie das mehrstöckige gebäude heißt, das man von der brooklyn bridge aus sehen kann; die schrift auf dem dach erkannte mich wieder; das deutsche zweigbüro liegt in selters, im taunus; *bethel* heißt auf hebräisch *haus gottes*. in bibliotheken lerne ich häufig frauen kennen. ich weiß, wie ich sie ansprechen muss; ich habe sprechen im predigtdienst gelernt. wir verabreden uns abends in bars oder restaurants und gehen danach zu ihnen. ahila war die erste tamilin, mit der ich schlief. von der station aus liefen wir zu mir, durch den saratoga park, und als wir an den rutschen und schaukeln vorbeigingen, sagte sie, ohne übergang und aus der stille heraus, in a field i am the absensce of a field. this is always the case. wherever i am, i am what is missing.

Senthil Vasuthevan 07:57

in den ersten tagen sprachen wir kaum miteinander, wir fickten und kifften, nicht mehr; ich erinnere mich an ihren hals, den ich mit der rechten hand umfassen konnte, und ich spüre ihre kehle unter dem ballen. ihre familie floh nach sambia, wo ihr vater für das gesundheitsministerium zu arbeiten begann; in lusaka wurde sie geboren. als sie ein jahr alt war, zog sie nach montreal. wir lagen im bett, es könnte anfang april, an dem abend vielleicht gewesen sein, an dem james blakes zweites album auf itunes veröffentlicht wurde, und schauten videos auf youtube, szenen aus the godfather und scarface, die sie mitsprechen konnte, bis sie das macbook nahm und, sie tippte nur mit einer hand, der rechten, und der cursor im eingabefeld erschien und verschwand, bis sie *kadhal d* schrieb und word completion *kadhal desam*, den vollen namen, anzeigte. wir haben kein wort tamil miteinander gesprochen, in der ganzen zeit nicht. ich spuckte in ihren mund. mein oberkörper war gerissen; die haut unter ihren nägeln war rot; ihre handgelenke waren blau. sechsundneunzig, ich glaube, es könnte neunzehnhundertsechsundneunzig gewesen sein, haben wir diesen film gesehen, mehrmals in den sommerferien, meine brüder und ich, damals, in chennai, in dem jahr, in dem die stadt nicht mehr madras hieß. ich sagte nichts, als sie auf die videos nacheinander klickte. ich hatte seit meinem auszug kein tamilisches lied gehört. ihr kopf lag auf meiner brust und auf ihrer wange konnte ich den kissenabdruck nicht sehen, und sie sah mich aus dem augenwinkel an; now it's your turn. ich gab, auch das mit nur einer hand, der linken, *rajini songs* in das leere feld ein; zwischen jeder taste lagen sekunden. rajinikanth, er wird nur *rajini* genannt, ist ein tamilischer schauspieler aus indien; wir wuchsen mit seinen filmen auf, so, wie auch ahila und ihre schwester mit ihnen aufgewachsen waren, an einem anderen ort und in einer anderen zone der zeit. als ich ein kind war, dachte ich, er sähe aus wie mein vater; als ich ein kind war, dachte ich, sie besäßen dieselben augen, dieselbe nase, dieselbe stirn und denselben mund besaßen sie, das glaubte ich, und ich glaubte es lange; ich glaube nicht mehr. als sie schlief, diese stille zwischen ihren schulterblättern kannte ich nicht, schloss ich die tür. ich setzte mich in die küche und wartete, bevor ich skype öffnete und ihn anrief; er sei online, das zumindest zeigte das grüne symbol, nachdem ich die blockierung aufgehoben hatte. es war ein uhr nachts in new york. mein vater kam gerade von der nachtschicht, zweiundzwanzig bis sechs uhr, das konnte ich heraushören. seine stimme erschien sekunden vor seinem gesicht und unter rauschen, ich hörte sie meinen namen sagen, und als seine kamera ein bild auf dunklem, nach oben und der mitte zu heller werdendem hintergrund übertrug, verzögert und über die verschiebung der zeit, stockte anfangs der ton, er stockte und jedes wort war durchschnitten, bis er verschwand. das bild stotterte erst für nur einen augenblick, erst, und es blieb bewegungslos auf einmal; sein gesicht, das, was ein gesicht hätte sein können, verpixelt, verzerrt, verschoben, darunter sein name und die dauer des gesprächs, einundfünfzig sekunden. alles lag an einer anderen stelle, die augen und die nase und die stirn und der mund, und du weißt, was man über ihn sagt, du hast es mir geschrieben, und seine farben kennst auch du.

Valmira Surroi 08:12

Samstagmorgens, wenn unsere Eltern noch schliefen, bauten Eliona und ich aus den Sitz- und Rückenpolstern des Sofas eine Höhle, und wir benutzten auch die Decken und Kissen, die wir finden konnten. Sie lag neben mir und hielt sich eine Taschenlampe in ihren Mund, und wir begannen in einer Sprache zu sprechen, die nur wir verstanden, wir nannten sie *Surroisch*, durch ihre Wangen habe ich ihre Adern gesehen. Im Haus meiner Großeltern stand ein schwarzer Ventilator, und als wir das erste Mal in Prishtina waren, haben wir uns vor ihn gestellt und dagegen gesprochen, wir sagten emri im asht Eliona, emri im asht Valmira, ne kemi ardhur nga Prishtina dhe jetojna ne gjermani, ne flasim shqip dhe gjermanisht, und wir sagten es drei- oder viermal. Die Blätter haben jeden Satz zerschnitten. Wir hielten unseren Mund an die Vergitterung, und unter dem Lack schmeckten wir den Rost.

Valmira Surroi 08:20

Als ich das erste Mal das Höhlengleichnis las, dachte ich, es sei genau umgekehrt, ich dachte, zuerst würde er die Sonne am leichtesten erkennen und danach ihren Widerschein im Wasser und die Menschen und die anderen Dinge, zuletzt aber ihre Schatten.

Senthil Vasuthevan 08:26

ich glaube, erst jetzt beginne ich zu verstehen, dass von anfang an der tod unserer sprache vorausging. ich glaube, erst jetzt beginne ich zu verstehen, dass er die bedingung der möglichkeit und wirklichkeit unseres sprechens war, ist und bleiben wird, bis zum ende. wir wären nicht in dieses land und nicht in diese sprache und ich vielleicht auch nicht in diese schrift gekommen, wenn er uns nicht erwartet hätte, in jaffna, in prishtina; du weißt, was das heißt, du warst auch dort, länger als ich. ich zeige dir fotos und ich spreche über sie, als ob ich schon gestorben wäre. ich zeige dir fotos und ich spreche über sie, als ob ich schon gestorben wäre, denn wir schauen immer doppelt auf uns, als überlebende, die auf tote schauen, und auch als –

und vielleicht ist es eine art diskretion oder pietät gewesen, die dazu führte, dass wir uns die bilder und das, was ihnen hinweghalf über die wege und kadenzen, über die sie kamen, nicht direkt in diesem nachrichtenverlauf zugeschickt haben, sondern du mir deine chronik zeigst und ich ein album für dich erstelle. vielleicht ist es so; vielleicht ist das der fall. ich wusste, dass unsere muttersprachen den tod bedeuteten, auch meine eltern haben es erzählt, sie hätten zu ihm geführt, geradewegs, aber über die routen und abwege der sätze sind wir über grenzen geflohen worden. ich wusste, dass der tod körperlich war, während wir aufwuchsen, in jaffna, in prishtina, in den asyllandheimen und auch danach noch, wir kennen seine bilder, aber ich wusste nicht, wie sehr wir noch von dorther kommen, ich wusste nicht, wie sehr wir von dort aus immer gesprochen haben werden. das, was wir, das, was ich – kann ich für mich sprechen? gibt es eine stimme? und wenn es sie gibt, wie weit entfernt ist sie dann von der sprache? – sage, ist leer und nur ein zeichen einer vernichtung, der wir entkommen sind, so, wie auch wir, unser körper, unser sprach- und schriftkörper, immer ein zeichen der vernichtung gewesen sein werden; nur das findet sich in den wörtern und zeilen, und auch in den räumen zwischen ihnen; nichts ist in diesen zeichen aufgehoben. und diese sprache und schrift wird nichts sagen und keine spuren hinterlassen, aber durch spuren andere spuren verwischen bis zur unkenntlichkeit, das wird sie, vielleicht; du siehst es; vielleicht sind sie bestimmt, mit jedem laut und zeichen zu verschwinden, zu zerstören, auf unhörbare weise, ohne das geräusch der zerstörung, ohne das erste geräusch. an unserer stelle ist immer ein anderer gestorben. wir sagen es. es zerfällt. wir sagen es wieder und zerfallen selbst.

Valmira Surroi 08:34

Mein Vater glaubt, immer, wenn ich *Kosovo* statt *Kosova* sage, würde ich den serbischen Anspruch auf das Land wiederholen.

Kosovo heißt nicht nur im Deutschen *Kosovo*.

Das ë ist der achte und der häufigste Buchstabe im albanischen Alphabet.

Wenn ich meinen linken Mittelfinger etwas länger auf der E-Taste lasse, erscheint eine Leiste mit Sonderzeichen, und unter jedem steht eine Nummer.

Ich müsste nur die vier drücken, und dennoch schreibe ich *Kosovo* statt *Kosovë, Prishtina* statt *Prishtinë* und Jehova statt Jehonë.

Valmira Surroi 08:37
Mein Vater sagt, ich würde unsere Sprache verraten.

Valmira Surroi 08:37
Er sagt, alles hinge an diesen Zeichen.

Valmira Surroi 08:40
Wir müssen uns zwischen den Zeilen und Zeichen erraten.

Senthil Vasuthevan 08:41
wir werden uns zwischen den zeilen und zeichen verraten.

Senthil Vasuthevan 08:45

eine der tamilischen familien, sie zogen später in einen nachbarort, feierte in einem kleinen vereinshaus den geburtstag ihres ältesten sohnes. mein vater sagte, ich solle zu seinem onkel gehen, der aus nürnberg gekommen war, und ihm von gottes wort erzählen; jeder ort sei ein ort zum predigen. *informelles zeugnis geben*, so nannten wir es. so haben wir es genannt.

ich ging zu ihm; ich fragte ihn, ob er gottes wahren namen kenne; ich fragte ihn auf deutsch; und als ich ihm den wahren namen gottes nennen wollte, unterbrach er mich, mit einer handbewegung, und er sagte, ich solle erst meine muttersprache lernen, bevor ich mit ihm über einen falschen gott spreche.

Senthil Vasuthevan 08:45

er ging zu meinem vater und sagte, deine kinder sind das ende *unserer sprache.*

er sagte, deine kinder sind schuld daran, dass *unsere sprache* aussterben und vergessen sein wird.

er sagte, deine kinder sind die rache an *unserer sprache.*

Senthil Vasuthevan 08:45

und wir sprechen das ende.

und wir tragen die schuld.

und wir sind die rache.

Valmira Surroi 09:01

Nach dem Mittagessen gingen Frim und ich auf einen Spielplatz. Afrim heißt auf Albanisch *Annäherung*. Seine Eltern nannten ihn *Frim*, und auch ich begann ihn so zu nennen. An diesem Tag fing er an, *Vala* zu mir zu sagen. Der Spielplatz war nicht groß, und in seiner Mitte lag, von den Schaukeln und der Rutsche umgeben, ein Sandkasten mit einer grünen Schwengelpumpe davor, an der er später stand und wartete. Wir knieten im Sand und die Körner haben sich in unsere Haut gegraben, sie blieben bis zum Abend. Wir legten unsere Hände aneinander und wir formten mit ihnen Kellen, in denen wir etwas Wasser sammelten, erst stand Frim an der Pumpe, danach ich. Wir feuchteten den Sand an und schoben ihn zusammen, und gemeinsam bauten wir Häuser, Schulen und Türme, und mit unseren Fingern zogen wir Straßen durch die Stadt, die sich an einigen Stellen kreuzten, die Sonne trocknete sie. Wir standen auf dem Rand und schauten auf die Stadt, die wir mit unseren eigenen Händen errichtet hatten, auf den Park in ihrer Mitte, der aus einer glattgestrichenen Fläche Sand bestand, in der Grashalme und kleine Äste mit Blättern daran steckten. Es gab keine Abdrücke. Wir haben die von unseren Händen, Füßen und Knien verwischt, alle Spuren von uns verwischten wir mit ein oder zwei Handbewegungen. Frim roch nach Hunger, wenn er sprach, und er stand an der Pumpe, und das Wasser ist erst in ein Becken geflossen und es schimmerte darin, und hier wurde es immer mehr. Ich kann mich nicht mehr an das Wort erinnern, das wir vereinbart hatten und das ich zu ihm gesagt haben muss, bevor er den schwarzen Stöpsel an der Kette herauszog. Wir standen am Rand und wir sahen zu.

Senthil Vasuthevan 09:16

ich erinnere mich, es war an einem abend im asyllandheim; mein älterer bruder und ich standen auf dem vorhof und er gab mir einen stein, so groß wie meine faust; er sagte, ich würde ihn nicht in meinen mund bekommen. ich erinnere mich an das geräusch der zähne, als meine mutter mit ihrer gespitzten hand, ähnlich wie der, die sie formte, wenn sie uns fütterte, damals, wie sie mit ihr in ihn hineingriff und den stein herausholte, an dem blut und speichel hingen, und auch kleine splitter der schneidezähne hingen an ihm. meine mutter wollte zu den tigers gehen, bis sie wusste, dass sie mit mir schwanger war. es dauerte. in der zweiten klasse stürzte ich von den stufen vor der schule und ich schlug mir zwei vorderzähne aus. wir gingen zu einem baum, an den oma vogelfutter in grünen netzen gehängt hatte, und wir beugten uns vor zu dem ameisenhügel. mein bruder holte das deospray aus seiner jackentasche; es hatte unserem vater gehört; ich hielt das feuerzeug in der hand. so fing es an. später, als die zweigeschossige eigentumswohnung, die unsere eltern neunzehnhundertsechsundneunzig gekauft hatten, bereits bezogen war, steckten wir in die wiese neben dem haus die pfeiler des badmintonnetzes in das trockene gras; ich habe das nest gefunden. mein vater spielte früher in jaffna fußball. er war torwart. er erzählte mir, wie er an den tennisplätzen vorbeilief und manchmal am zaun stand und durch ihn zusah; er beschrieb die weiße bekleidung und den roten sandplatz. wir haben uns oft spiele zusammen angesehen, auf eurosport und dsf, damals. als ich elf war und meine mutter mir nach einer verletzung verbot, fußball weiter zu spielen, meldete mein vater mich im tennisverein an; ich spielte sechs jahre; meine rückhand war stark; ich erinnere mich; nach einem jahr habe ich kaum einen satz verloren; mein vater saß auf der zuschauertribüne; nach dem spiel holte ich die matte und zog meine seite des sandplatzes ab; keine spuren sollten mehr zu sehen sein. auf dem karierten netz der schläger, auf dieser spannung hellgrauer kreuzungen, ich erinnere mich an das geräusch, es war dumpf und weich, und auch auf dem aluminiumrand hingen die körper, pelzig und gestreift, mehrfarbig, oval, das, was von ihnen übrig blieb, das, was wir von ihnen übrig ließen, köpfe und thoraxe und beine und flügel, die bräunlich waren und durchsichtig; wir zerschnitten die luft, mit einer handbewegung. das nest war leer; keine hummel kam heraus, als ich mit dem schläger ein letztes mal darauf schlug. an der hauswand hing ein hahn; ich wusch ihn mit diesem wasser.

Nachdem wir unsere Zeugnisse erhalten und unsere Schulranzen abgestellt hatten, gingen Frim und ich auf den Spielplatz, und ich hielt meine Schwester an der Hand. Am Abend davor hatte ich zu ihr gesagt, sie solle zehn Marmeladen- oder Gurkengläser einsammeln, sie lagen vor dem Altglascontainer. Wir hatten sie vorsichtig in eine Tüte gelegt, und unter dem Wasser der Pumpe wuschen wir sie. Eliona reichte mir damals bis zum Bauchnabel, und der Aufdruck auf ihrem T-Shirt war rissig und blätterte an den Ecken ab. Wir lagen auf der Erde und wir gruben unsere Zähne ins Gras. Wir haben Halme in unseren Augen gespürt, und später kniete meine Schwester hinter den Schaukeln, während Frim und ich vor dem Zaun in den Brennnesseln saßen. Nach einer halben Stunde gingen wir zu dem Baum, der in einer Ecke des Spielplatzes stand, und wir setzten uns in seinen Schatten und betrachteten die Schmetterlinge, Spinnen und Heuschrecken, die wir gefunden hatten. Ich trug ein weißes Hemd und ein weißes T-Shirt darunter, die meinem Vater gehörten, und das Hemd ließ ich offen, es sollte wie ein Kittel aussehen. Ich hatte bereits die gelben Gummihandschuhe angezogen, die meine Mutter zum Putzen verwendete, aber meine Finger waren zu kurz, in ihnen konnte ich sie nicht bewegen. Ich beugte mich vor und Eliona streifte sie ab. Die Marmeladendeckel waren rot mit weißen Punkten darauf, und wir klebten kleine Papierstreifen auf sie, die ich in der Schule bereits zurechtgeschnitten und beschriftet hatte. Wir legten unsere Hände auf den Tesafilm, um das Festhaften zu beschleunigen. Frim schüttelte die Gläser und hielt sie an sein Ohr, und auf den Fingern meiner Schwester lag der feine Staub, den die Zitronenfalter und Pfauenaugen darauf hinterlassen hatten, und er blieb auf den Gläsern zurück, die sie festhielt, während er langsam den Deckel öffnete. Bevor ich den Schmetterlingen die Flügel und den Spinnen und Heuschrecken die Beine ausriss, hielt ich sie in die Höhe, und ich nannte sie erst bei ihrem albanischen und dann bei ihrem deutschen Namen.

Senthil Vasuthevan 09:39

es gab einen jungen in unserem kindergarten, er war in meinem alter. ich führte damals eine gruppe an, wir waren zu sechst, vielleicht auch zu acht, mit der ich die burgen der anderen im sandkasten zerstörte und auf deren bilder, die sie mit kreide auf den boden gemalt hatten, ich den gartenschlauch gerichtet hielt. mit legosteinen bauten wir gebäude wie das münchner olympiastadion nach; zum ersten mal habe ich es auf einem schon damals an den rändern vergilbten foto gesehen, auf dem mein vater davorstand, sein erster kongress, und später im fernsehen, immer wieder, wenn bayern münchen spielte. es gab keinen grund, den ich kannte und den ich hätte nennen können, als mich die erzieherinnen, die wir *tanten* nannten, am nächsten morgen fragten. wir saßen um einen tisch und schauten auf die pulverbeschichtete platte. ich hatte den befehl gegeben. nachmittags, wenn ich vor dem musiksaal fast zehn jahre später darauf wartete, dass er aufgeschlossen wurde, sprach ich manchmal mit seiner mutter, die als putzfrau am gymnasium arbeitete. ich stand vor der tür und sie fragte mich nach dem namen unserer band.

Senthil Vasuthevan 09:47

meine eltern hatten mir im gitarrenladen der nächstgrößeren stadt eine epiphone les paul custom pro und auch einen kleinen verstärker von fender gekauft, mit dem geld, das sie in der fabrik und in privathäusern, restaurants und apotheken verdienten; davon finanzierten sie meinen klavier-, gitarren- und tennisunterricht, und später auch die cellostunden. erst einen monat zuvor hatten wir über unseren namen abgestimmt, sechzehn standen zur auswahl; wir hatten beschlossen, uns nach einem song- oder werktitel zu nennen; wir waren zu viert; jeder durfte vier vorschlagen, und darunter waren, ich kann mich nicht mehr an alle erinnern, the sky is a landfill von jeff buckley, a means to an end von joy division, the width of a circle und always crashing in the same car von david bowie, antiphon und war requiem von benjamin britten, born as ghosts von rage against the machine, send no letter und after hours von the velvet underground, quatuor pour la fin du temps von olivier messiaen und drei aus dem album the science of things von bush, die ich an die tafel schrieb, warm machine, jesus online und letting the cables sleep, für den wir uns, nach einer stichwahl, entschieden, letztlich. wir konnten bereits black hole sun von soundgarden spielen, ein bruder aus der versammlung hatte mir seine akustikgitarre geliehen und ein freund, er spielte schlagzeug in unserer band und zeichnete die erste scham über das hellgrau schwacher kreuzungen, hatte es mir beigebracht; an diesem nachmittag wollten wir mit the everlasting von den manic street preachers beginnen, aus dem album this is my truth tell me yours, das mein cousin aus oslo mir geschenkt hatte, als er mit seiner frau zu besuch gewesen war, zum ersten mal; auf dem boden lagen die kabel wie adern, und sie durchkreuzten ihn.

Senthil Vasuthevan 09:55

ich stand vor der tür und ich sagte ihr das, aber dass ich sie und ihren sohn bereits kannte, lange vor diesem gespräch, das sagte ich nicht; ich weiß nicht, ob sie mich erkannt hat. seine mutter hätte angerufen. sie hätte angerufen, nachdem sie die flecken auf seinem oberkörper entdeckt hatte, hämatome neben, unter und über hämatomen, verstreut auf der krümmung seines rückens, des bauches und der brust, und sie waren blau und rot und grün und lila, die wir ihm mit den bunten schaufeln, spaten und kellen in einem schuppen abseits der schaukeln zugefügt hatten, eine stunde lang. ich habe den befehl gegeben. das alles habe ich gesprochen. diese blutergüsse waren eine übersetzung meiner worte.

Valmira Surroi 10:25

Es soll ein Foto gegeben haben, auf dem die Familie meiner Mutter und die meines Vaters zu sehen gewesen sein sollen, und auch tezja Jehone und axha Granit seien darauf gewesen. Ich kann mich an das Bild nicht erinnern. Ich kenne es nur aus Erzählungen. Sie standen in einer Reihe, und mein Vater habe seinen Arm um axha Granit gelegt. Meine Mutter sagte später, dass es ihr Geburtstag war, und auch ich soll auf dem Bild zu sehen sein, sie war im fünften Monat schwanger. Meinem Vater erzählte sie, sie hätte es in unserer Wohnung in Prishtina vergessen. Es hätte noch im Fotoalbum geklebt. Sie hatte mit einer Frau in der Gemeinschaftsküche gesprochen und als sie danach in unser Zimmer kam, sah sie mich über den Tisch gebeugt, und auf ihm lag der Briefumschlag, der einzige Umschlag, den sie mitnehmen konnten, es gab keine Zeit.

Valmira Surroi 10:30

Ich habe sie nicht bemerkt. Sie sagte, ich hätte davor gekniet und einen Kugelschreiber in der Hand gehalten, dessen Mine und Feder ich zuvor herausgenommen haben musste, sie hätten neben unseren Kleidern und Unterlagen auf dem Boden gelegen. Ich soll ruhig gewesen sein, als ich jedes Gesicht mit der Spitze des leeren Gehäuses zerkratzte, nur die Gesichter, sagte sie, von links nach rechts. Meine Mutter stand am Türrahmen. Meine Mutter stand am Türrahmen und Jahre später sagte sie, ich hätte über sie mit meinen Fingern gestrichen und der Reihe nach hätte ich ihre Namen genannt, bevor ich das Foto zu meinem Mund geführt haben soll, um die letzten Reste darauf zu entfernen.

Valmira Surroi 10:32

Der Tisch soll von den kleinen gekräuselten Schuppen, die ihre Gesichter waren, bedeckt gewesen sein, und so wie sie fielen, hätten sie meine Mutter an Schnee erinnert, aber ich erinnere mich an nichts.

Senthil Vasuthevan 10:46

der erste kongress der zeugen jehovas, auf dem wir waren, fand im münchner olympiastadion statt; ich stand kurz vor meiner einschulung. in einem der vorträge sprach der redner über den propheten hesekiel. am fluss kebar im babylonischen exil zeigte jehova ihm die vernichtung jerusalems. und jehona rief vor meinen ohren mit lauter stimme und sprach: nahe gekommen sind die heimsuchungen der stadt. und siehe, sechs männer kamen aus der richtung vom oberen tor, das nach norden gewandt ist, jeder mit werkzeug zum zertrümmern in seiner hand; ein mann war in ihrer mitte, mit leinen bekleidet; an seinem gürtel hing schreibzeug. sie kamen herein und stellten sich neben den altar aus bronze. er rief den mann, der das leinene gewand trug und an dessen gürtel das schreibzeug hing, und sagte zu ihm: geh mitten durch die stadt jerusalem und schreibe ein t auf die stirn aller, die über die in der stadt begangenen taten klagen. und ich hörte, wie er zu den anderen sagte: euer auge soll nicht gütig blicken; doch keinen, der das zeichen trägt, dürft ihr anrühren. und siehe, der mit leinen bekleidete mann, der das schreibzeug an seinem gürtel trug, brachte antwort und sprach: ich habe getan, wie du mir befohlen hast.

Senthil Vasuthevan 10:50

das t entspricht dem taw, dem zweiundzwanzigsten und letzten buchstaben im hebräischen alphabet.

Senthil Vasuthevan 10:55

die, die bleiben mussten, tragen das zeichen des endes auf ihrer stirn, das auch das ende aller zeichen ist, eine schrift vor und nach jedem buchstaben; dass sie da, dass sie überlebt haben und noch da sind, das ist ihre scham und schuld, sichtbar für jeden, für alle zeit. kein zeichen der versprochenen erlösung ist auf den gesichtern meiner eltern zu entdecken. und es bleibt die stille, aus der heraus gesprochen wurde, in sie gehen wir wieder zurück.

Senthil Vasuthevan 17:57

eine meiner exfreundinnen ist mutter geworden.

Senthil Vasuthevan 17:59

sie hat ein bild von sich und ihrem sohn gepostet.

Valmira Surroi 18:00

Weißt Du, wie er heißt?

Senthil Vasuthevan 18:01

früher sagte sie, wenn wir einmal kinder haben sollten, würde sie unseren sohn noah und unsere tochter rahel nennen.

Senthil Vasuthevan 18:02

es steht nichts dort.

Valmira Surroi 18:02

Gestern Abend, als Du schon gegangen warst, kam eine Freundin vorbei, die, die ich damals in Madrid besucht hatte.

Sara hatte gekocht und auch Getränke mitgebracht, und auf einer Coca Cola Dose stand ihr Name.

Ich habe ihn am Anfang mit h geschrieben.

Valmira Surroi 18:02

Sie habe gesucht, aber meinen habe sie auf keiner finden können.

Senthil Vasuthevan 18:02

wie spricht man deinen namen aus?

Valmira Surroi 18:03

Valmira – so wie man ihn schreibt.

Valmira Surroi 18:03

Sie sagte, vielleicht wird es ihn in Prishtina geben.

Valmira Surroi 18:04

Deinen Namen habe ich noch nie gesagt, weißt Du das?

Ich habe ihn noch nie laut ausgesprochen, und auch geschrieben habe ich ihn noch nicht.

Es ist mir heute erst aufgefallen.

Senthil Vasuthevan 18:08

das *s* ist, im tamilischen, stimmhaft, das *t* weich, schwach, fast ein d; das *i* bleibt stumm zwischen den konsonanten.

sendl – so wurde ich gerufen.

Senthil Vasuthevan 18:08

so rufen mich meine eltern.

Valmira Surroi 18:08

Ich glaube, ich hätte Deine letzte Silbe gedehnt und ich hätte *Senthil* zu Dir gesagt – so wie man Dich schreibt.

Valmira Surroi 18:09

Konntest Du schlafen?

Senthil Vasuthevan 18:09

meine brüder sind zwei wochen vor meinem auslandssemester in ihre erste gemeinsame wohnung gezogen, im selben stadtteil, in dem sie immer noch leben, in die romford road.

sie lag nur eine viertelstunde mit dem fahrrad von meiner wg entfernt.

manchmal kam mein jüngerer bruder nachts spontan vorbei.

wir fuhren zu einem tesco in leytonstone und schauten danach filme an, bis in den frühen morgen. er ist vierundzwanzig stunden geöffnet.

wir trafen einen seiner bekannten. nachdem wir einander vorgestellt worden waren, fragte er mich, und ich wusste noch nicht, wie oft mir diese frage noch gestellt werden würde in dieser zeit, do you go by another name?

Valmira Surroi 18:10
Was hast Du geantwort?

Senthil Vasuthevan 18:10
am anfang habe ich die frage nicht verstanden.

einige wochen später sah ich ihn auf ihrer einweihungsfeier wieder.

ich stand in der küche und er begrüßte mich aus dem wohnzimmer heraus mit einer abkürzung, die ich ihm nicht genannt hatte, aber dass ich gemeint und gerufen war, das wusste ich.

ich drehte mich um.

Valmira Surroi 18:11

Sara sagte gestern, dass sich ihre Mitbewohner in Madrid meinen nicht merken konnten.

Sie haben mich Valentina genannt, wenn sie über mich sprachen.

Senthil Vasuthevan 18:35

heute traf ich zufällig baptiste in der friedrichstraße; ich habe dir von ihm erzählt, an unserem zweiten tag, du erinnerst dich. er stand unten auf dem gleis der u sechs, ich stand auf dem gegenüber. sein vater ist pfarrer, und baptiste sagt, sein name, sein voller name, er heißt jean-baptiste, würde es verraten; bevor wir das verb *baptízein* im altgriechischkurs lernten, kannte ich bereits seine bedeutung. er fragte mich, ob wir heute abend zu sultan baba gehen, und es fiel mir wieder ein, es fiel in mir ein, dass ich nicht, wie ich dir schrieb, als wir zu schreiben begonnen haben, ein jahr nach meinem umzug das letzte mal in marburg gewesen bin. unser letztes konzert fand vor zwei jahren im kfz statt, mitte februar; er begleitete mich; sein vater spricht ihn mit seinem vollen namen an; baptiste rauchte noch. wir waren in der oberstadt und liefen über den marktplatz, auf der barfüßerstraße, richtung neunzehnhundert, und auf der höhe der buchhandlung, an deren namen ich mich nicht erinnern kann, blieb er stehen und griff, noch immer schaut er auf den boden, in einen spalt, den das kopfsteinpflaster ließ und in dem eine zigarette lag, nur halb geraucht, und ich habe sie nicht gesehen. er hat dafür einen eigenen ausdruck, *zigaretten retten* sagte er dazu. er hat es schon lange nicht mehr gesagt.

Valmira Surroi 18:41

Wie hat Dich der Bekannte Deines Bruders genannt?

Senthil Vasuthevan 18:42

sent – wie die vergangenheitsform von *schicken*.

er sagte, nur so und mit dieser merkhilfe habe er meinen namen behalten können.

Senthil Vasuthevan 18:43

was bedeutet *valmira*?

Valmira Surroi 18:43

Was bedeutet *Senthil*?

Valmira Surroi 18:49

Als meine Mutter meinem Großvater von ihrer Schwangerschaft erzählte, soll er La Mer von Debussy gehört haben.

Ich glaube, mein Onkel aus Boston hatte ihm die CD geschickt, und ich erinnere mich daran, dass auf dem Booklet eine Welle abgebildet war, als wir einen Internetanschluss bekamen, sah ich sie wieder. Das Bild hieß Kanagawa oki nami ura, Under the Wave off Kanagawa, und war ein Holzschnitt von Katsushika Hokusai, Du kennst es bestimmt, vielleicht hast Du es auch in New York gesehen, manchmal wird es nur The Great Wave oder The Wave genannt, aber damals, damals in Prishtina, als ich im Arbeitszimmer meines Großvaters auf dem Teppich lag und ihm dabei zusah, wie er seine CDs und Schallplatten sortierte, habe ich diesen Namen noch nicht gekannt. Er nahm das Booklet heraus und zeigte auf sie, und er sagte, pas kesaj vale je emruar, a e ke ditur ket, nach dieser Welle wurdest du benannt, wusstest du das?

Valmira Surroi 18:51

Vale ist das albanische Wort für *Welle*, *mir* bedeutet *gut* – Valmira, die *gute Welle*.

So wurde ich auf Wunsch meines Großvaters genannt.

Valmira Surroi 18:53

Ich wusste nicht, dass ein Abzug davon in der Met lag, bis ich letzten Sommer davorstand.

Valmira Surroi 18:59

Im Französischunterricht habe ich immer *la mer* statt *la mère* geschrieben, und als wir gestern Only God Forgives gesehen haben, musste ich fast am Ende, während der Szene, in der Julian Thompson seine Mutter tot in dem Hotelzimmer vor dem Fenster fand und er mit seiner rechten Hand in die Wunde, die er zuvor in ihren Bauch geschnitten hatte, griff, an Dich denken.

Valmira Surroi 19:12

In Prishtina gibt es kaum Straßennamen, und wenn es welche gibt, werden sie nicht verwendet, keiner wird sie nennen. Es war das zweite Mal, dass Eliona im Kosovo war, und als wir die Stadt erreichten, sagten unsere Eltern, dass wir uns *ketu ne vendlindjen tone*, wie sie sagten, dass wir uns *hier in unserem Geburtsland* anders als in Deutschland orientieren würden, aber wir wussten es, wir wussten es schon lange. Es gebe Anhaltspunkte wie das Grand Hotel oder die Statue von Mutter Teresa und Denkmäler wie das Newborn auf dem Platz vor dem Sportpalast, und einmal habe ich mich verlaufen und ich fand nur wieder zurück, weil ich mich an eine kleine Schmiererei am Haus meines Cousins erinnern konnte, ich konnte sie nicht lesen. Er sagte, auch er würde sich an sie halten. Als ich meinen Großeltern die CD schicken wollte, die wir mit dem Schulchor aufgenommen hatten, sagte meine Mutter, ich solle vorne statt ihrer Adresse *dera e kuqe*, *die rote Tür* auf den Umschlag schreiben.

Sie war früher rot. Die Postboten wüssten, welches Haus gemeint sei, und wenn sie es nicht wissen sollten, würden sie sich durchfragen, auch ihre Nachbarn würden es nur *das Haus mit der roten Tür*, sie würden es *shtepia me dere te kuqe* nennen, jede Straße hat früher einen serbischen Namen getragen. Sie wurden in den vergangenen Jahren so oft umbenannt, dass die Bewohner ihnen eigene gegeben haben, und wenn wir ein Taxi nahmen, genügte es, dass mein Vater den Namen eines Restaurants oder den eines Supermarkts nannte, und manchmal sagte er, wir müssten in die Nähe der grünen Wohnungen, und der Fahrer wusste, wohin er uns bringen sollte. Viele Menschen würden ihre eigene Adresse nicht kennen, und oft gab es die Gebäude und Plätze nicht mehr, die mein Vater dem Taxifahrer nannte, aber ihre Namen sind noch hier, an sie halten sie sich, sie werden noch gesagt.

Valmira Surroi 19:16

Sara sagte einmal, ihr sei früh aufgefallen, dass ich, wenn ich etwas erzähle, manchmal *hier* sage, auch wenn ich nicht an dem Ort bin, über den ich spreche, und dass ich Details wie Straßennamen und den Namen von Stationen nennen und mich an diese Dinge halten würde und dass es verständlich sei, weil es die Häuser, die Städte und Länder, aus denen wir kommen, nicht mehr gibt, und ich weiß, dass auch Du Dich so orientierst, auch Du erinnerst Dich so.

Ich sehe es.

Ich lese es seit sieben Tagen.

Valmira Surroi 19:25

Als Kind dachte ich, auf allem, was ich berühre, bleibt etwas von mir zurück, und ich sei nichts als diese Verstreuung.

Wenn ich lief, ballte ich beide Hände zu Fäusten, und meine Arme legte ich eng an meinem Oberkörper an.

So versuchte ich mich den ganzen Tag zu bewegen.

Valmira Surroi 19:28

Ich wollte keine Spuren hinterlassen.

Valmira Surroi 19:30

Ich wollte ihr von Dir erzählen, aber ich habe es nicht.

Senthil Vasuthevan 19:30

ich schlief noch, als meine mutter mir eine nachricht schrieb. der jüngste sohn meines cousins würde in zwei wochen neun werden. sie sagte, ich solle ihn überraschen. er hätte auf youtube videos gefunden, von unserem letzten auftritt, in marburg, im kfz, und er würde sie sich ansehen, seit stunden; baptiste hatte sie hochgeladen. ich wusste nicht, dass meine mutter ihm eine cd von uns geschickt hatte; wir haben zwei aufgenommen, er war damals fünf oder sechs jahre alt und, so sagte sie, wollte danach auch gitarre spielen und in einer band singen, wie *senthil mama*, so soll er mich nennen, so soll er mich genannt haben; ich habe ihn noch nie gesehen. ich kenne nur erzählungen und fotos von ihm, familienbilder, die sein onkel manchmal auf seiner chronik postet. sie waren nicht zerknittert. er, mein cousin, sein onkel, du kennst ihn, der, der immer noch in oslo wohnt, er hat zwei töchter und einen sohn, würde auch dort sein, hatte sie geschrieben, er würde kommen; sie schrieb auf englisch. *mama* ist das tamilische wort für onkel. die erste silbe wird gedehnt.

Senthil Vasuthevan 19:42

ich schlief noch, als ahila die nachricht las. wir besaßen das gleiche handy und sie lagen, das bett bestand aus einer matratze, auf holzpaletten gelegt, nicht sortiert und nicht gezählt, auf ihrer seite auf dem boden. als ich aufwachte, sagte sie, in zwei wochen fahren wir nach toronto; ich wusste noch nicht, wovon sie sprach. auf der windschutzscheibe lag reif. von den gleisen über uns tropfte es. wir fuhren über die williamsburg bridge, vorbei, du weißt, woran, durch den holland tunnel, vorbei an schnee abseits gebogener schutzplanken, vorbei und über krümmungen des delaware river und schlaglöcher im asphalt, wir fuhren zwölf oder dreizehn stunden. wir wechselten uns ab, ich fuhr bis an die grenze und sie von dort aus weiter bis nach liberty village. als wir das apartment betraten, summte sie, leise, leise, ich habe es anfangs nicht gehört und erst mit verzögerung, erst später erkannt, ein lied, durch einen rahmen, durch geteilte räume, schlüssseldrehend, das, während der fahrt, ich bin mir sicher, lief, gelaufen ist, von drake, das konnte ich sagen, nach zwölf oder dreizehn stunden, in denen wir uns abwechselten, erst hörten wir eines ihrer alben und danach eines von mir, erst echoes of silence von the weeknd und danach den soundtrack von drive, xx von the xx und xxyyxx von xxyyxx, channel orange von frank ocean und thinking in textures von chet faker, kaleidoscope dream von miguel und sufjan stevens' seven swans, bon iver von bon iver und sbtrkt von sbtrkt, drakes take care und dive von tycho, north borders von bonobo und all harm ends here von den early day miners, ich erinnere mich, ich glaube mich, auch wenn ich die einzelnen titel kaum mit namen kenne, an jeden track erinnern zu können, den wir während der fahrt hörten, und sie summte es noch immer in meinen rücken, in die linie zwischen meine schulterblätter, als wir nachts gegen drei uhr angekommen waren und auf dem balkon standen und ich den lake ontario nicht sah, der jenseits des gardiner expressway, ich glaube, es könnte der gardiner expressway gewesen sein, lag; er war schwarz.

ich schlief noch, als sie die tür öffnete, schlüsseldrehend, und das frühstück zuzubereiten begann, leise. sie sagte, es sei zeit. ich fuhr sie zu einer freundin. ich gab die adresse in das navigationsgerät ein. ich fuhr nach markham. ich wartete. in diesem vorort wohnt mein cousin. ich hatte ihn einmal zuvor nur gesehen, neunzehnhundertneunundneunzig, auf der hochzeit seines älteren bruders in colombo. ich flog zusammen mit meinem jüngeren bruder und unserer mutter von düsseldorf aus, mit meiner tante, einer ihrer schwestern, und dreien ihrer töchter; sie leben in dänemark, in aarhus, und früher, als wir noch zur schule gingen, besuchten sie uns in den osterferien, sie haben uns zu allen osterferien besucht, meine cousinen mit ihrem älteren bruder, der, wie meiner und unsere väter auch, nicht mitkam. sie nannten meinen vater *appa*, so wie er von den anderen tamilischen männern auch genannt wurde, die nach uns nach und nach in dieser oberfränkischen kleinstadt und ihrer umgebung untergebracht worden waren, allein oder mit ihren familien; er wird immer noch *appa* von ihnen genannt. wenn sie uns besuchten, sprachen wir eine mischung aus tamil, englisch, deutsch und dänisch. unsere freunde dachten, wir würden eine geheimsprache sprechen. während sie die ehe meiner cousine, ihrer ältesten tochter, arrangierten, verschwiegen sie uns; von unberührbaren dürfen angehörige höherer kasten nicht einmal den schatten berühren. unsere eltern wurden zu ihrer hochzeit nicht eingeladen; mein älterer bruder sagte, sie würde wie aaliyah aussehen. als charlotte neben mir lag und das erste mal hörte, wie ich mit meinen eltern sprach, am telefon, sagte sie, ich würde lauter sprechen als sonst, und ich sagte zu ihr, vielleicht liege es daran, dass man nur so sich in einer großfamilie behaupten könne; sie sagte, *sich behaupten* könne beides heißen, *sich durchsetzen* und *etwas mit bestimmtheit sagen, von dem noch nicht sicher ist, ob es wahr oder falsch ist*, und ich sagte, sie hätte recht; sie sagte, wir seien in keiner großfamilie aufgewachsen, und ich sagte, sie hätte recht. es war das letzte mal, dass ich in sri lanka war; ich wusste, es wird das letzte mal gewesen sein; ich wusste es auf dem weg dorthin. ich parkte in einer parallelstraße. ich wartete. auf dem beifahrersitz lag das geschenk, das wir irgendwo an der king street gekauft hatten. meine schwarzbehaarten hände umfassten das lederbezogene lenkrad. ich warte. ich schaute aus dem fenster auf den vorgarten eines hauses, das wie das meines cousins aussah. ich bin daran vorbeigefahren. ich wartete. ich warte eineinhalb stunden. ich starte den motor. ich fuhr, ich weiß nicht, wohin ich gefahren bin. ich fuhr fünf oder sechs stunden. ich hielt an. ich warf das geschenk weg. ich holte ahila ab. sie stieg ein. als wir wieder zurückfuhren, fragte der grenzbeamte nach dem grund unserer reise. ich habe mich nicht über das fenster gebeugt. der sohn meines cousins, meines bruders, wie man im tamilischen sagen würde, *anna*, so wird der ältere bruder genannt, mein neffe, wie man im tamilischen sagen würde, hat seinen geburstag gefeiert, er ist neun geworden; ich sagte es, so wie ich es zwei tage zuvor an dieser stelle, in einer anderen zeitform und aus einer anderen richtung kommend, gesagt hatte; an der stelle, an der die silben nach den regeln deutscher grammatik getrennt werden können, auf dieser fläche, die die doppelung der buchstaben bildet, pausiert der atem, die aussprache ruht, wie in den namen der eltern, wie in *amma* und *appa*. wir hörten dieselben alben. wir hörten drake, und sie sang dazu. wir hielten an einer raststätte irgendwo in pennsylvania. einige meter entfernt stand unter der straßenlaterne eine familie, es könnte eine familie gewesen sein, um ihr auto, es könnte ihr auto gewesen sein, und aus ihren mündern, es könnten –

und aus ihren mündern sah ich weiße atemwolken kommen; als kind dachte ich, so sähe die sprache von engeln aus. wir stiegen ein. wir hörten all harm ends here von den early day miners. nach we know in part drückte ich auf repeat. ich warte. ich gab die adresse in das navigationsgerät ein. ich fuhr zur queen street west. ich holte ahila von einer freundin ab. sie öffnete die tür. sie fragte mich, wie es gewesen war. sie rieb sich ihre hände, und sie hauchte sie an. ich sagte, der junge sei groß geworden. ich nahm ihre und legte sie in meine.

Valmira Surroi 20:20

Hast Du noch Kontakt zu ihr?

Senthil Vasuthevan 20:23

sie ist auch auf facebook.

wenn du ihren vornamen eingibst, wirst du sie sehen.

Senthil Vasuthevan 20:25

ich wollte ihr schreiben, aber ich habe es nicht.

Senthil Vasuthevan 20:30

manchmal schaue ich mir ihr profil und ihre seite auf instagram an.

ich höre ihre playlist auf soundcloud.

Valmira Surroi 20:37

Als wir im Heim wohnten, begann ich, Briefmarken zu sammeln. Die erste war die, die auf diesem Umschlag klebte, Du weißt, welchen ich meine, und ich fragte einige Kinder, ob sie mir die Briefe bringen könnten, die ihre Eltern mitgenommen hatten, und auch die, die sie hier seit ihrer Ankunft erhielten. Ich riss die Ecke mit ihnen darauf heraus, und ich legte sie kurz in eine Glasschüssel, die fast bis zum Rand mit Wasser gefüllt war, sie schwammen auf der Oberfläche. Onkel Wilhelm zeigte mir später, dass sie sich leichter vom Papier ablösen ließen, wenn ich noch etwas Seife hinzugeben würde. Er hat mir ein dunkelgrünes Album und eine Pinzette geschenkt, nachdem meine Eltern die Streichholzschachtel auf dem Schrank gefunden hatten, in der ich sie bis dahin aufbewahrt hatte. Sie fragten mich, wo ich sie gefunden hätte, wir würden selten Post bekommen und nicht aus diesen Ländern, und ich sagte, Judith habe sie mir gegeben. Als wir im Erdkundeunterricht über Jugoslawien sprachen, sagte unser Lehrer, ich solle vom Krieg erzählen, und er fragte mich dreimal. Jede Seite besaß sieben Zeilen, über die eine durchsichtige Folie lag und in die man die Briefmarken legen konnte, wie in kleine Taschen. Rechts oben, über der ersten Reihe schrieb ich mit Bleistift die Namen der Länder, aus denen sie kamen, ich schrieb *Aserbaidschan*, *Kosovo* und *Kongo*, ich habe *Pakistan, Türkei* und *Vietnam* darauf geschrieben, und Onkel Wilhelm brachte mir später einige aus England, Frankreich und Israel, Kanada, Norwegen und Südkorea. Bevor ich sie mit der Pinzette in das Album legte, strich ich mit meinem Zeigefinger langsam über ihre Zähne. Im Arbeitszimmer meiner Tante stand ein alter Globus, und abends suchte ich manchmal auf ihm die Länder, aus denen die anderen Bewohner kamen, und manchmal gab es sie nicht und ich nahm Städte und mit einem Stift, den ich über sie gehalten habe, fuhr ich die Strecken nach, die sie gekommen sein könnten, und es waren immer die kürzesten. Ich erinnere mich daran, dass ich nicht wusste, weshalb manche Grenzen gerade und andere ungerade waren. Ich erinnere mich daran, wie er Europa und jedes Land darin an die Tafel gezeichnet hatte und wie er nach der Stunde über sie wischte. Ich dachte, nur Postsendungen könnten zurückgeschickt werden. Ich ordnete die Länder in meinem Album nach dem Alphabet, und wenn ich Briefmarken aus einem Land bekam, aus dem ich bisher noch keine hatte, radierte ich ihre Namen heraus, und ich schrieb sie auf die Seiten davor oder dahinter und unter den Namen konnte ich immer noch die lesen, die zuvor darin gestanden hatten, aber auf der Tafel war nichts mehr zu sehen.

Valmira Surroi 20:40

Tante Elisabeth hatte mich gesehen, und als wir in unsere erste Wohnung hier zogen, schenkte sie mir einen drehbaren Globus, ich habe ihn auf meinen Schreibtisch gestellt. Manchmal schlief Eliona im Bett unserer Eltern, und wenn ich allein war, schaltete ich die Beleuchtung an, und ich drehte ihn und versuchte, alle Länder und Hauptstädte darauf auswendig zu lernen, und die Decke und Wände in unserem Zimmer waren bläulich von diesem Licht.

Valmira Surroi 20:50

In Tokyo begann ich wieder, regelmäßig Briefe zu schreiben, aber ich dachte nicht an früher, wenn ich sie frankierte, ich dachte dabei nicht an die Zeit, als ich glaubte, dass *frankieren* sich von *Frankreich* und *Frankfurt* ableiten würde, weil man damals vielleicht die ersten Briefe nur dorthin habe schicken dürfen, und ich dachte, dass *einen Brief aufgeben* heißen würde, vor ihm zu resignieren. In der Nähe meiner Schule hing ein Postkasten. Ich zog meine Handschuhe aus und hob die gelbe Klappe an. Mein Vater sagte, ich solle mitkommen. Wir gingen zu einem Postamt, wo ich den Brief, den wir zusammen in ein Kuvert gesteckt und verschlossen hatten, auf den Tresen legen sollte, und ich erinnere mich daran, dass meine Mutter zu ihm gesagt hatte, er solle den Umschlag anfeuchten, aber ich hielt die Rückseite schon an meine Zunge, ich kannte nicht diesen Geschmack. Er gab mir zwei Münzen, eine silberne und eine bronzefarbene, und sie war kleiner als die andere. Ich tauschte die Süßigkeiten, die mir mein Onkel und meine Tante manchmal schenkten, mit den anderen Kindern gegen Briefmarken und bevor sie mir ihre Umschläge gaben, betete ich, dass die blaue Mauritius auf einem kleben würde. Sie und die rote seien die ersten Briefmarken gewesen, die dort hergestellt wurden, das hatte ich in der Schulbibliothek gelesen, und von der blauen gebe es noch zwölf und von der roten noch fünfzehn Stück, und ich dachte, wenn ich sie finden würde, könnte ich sie verkaufen, und wir würden in eine Wohnung in der Stadt ziehen, und es würde auch für die anderen Familien im Heim reichen. Ich wollte sie überraschen. Meine Hände waren zu klein, und der Einwurfspalt und die Klappe schnitten sich in meine Gelenke und hinterließen darauf rote Striemen, ich habe keinen Brief berührt. Ich öffnete die Klappe mit einer Hand und füllte den Postkasten mit der anderen. Ich dachte, es würde nicht lange dauern und die Briefe würden an der Oberfläche schwimmen und meine Hände würden nicht mehr zu kurz sein. Ich stellte mich an die Kreuzung und ich wartete.

Valmira Surroi 21:05

Am nächsten Morgen sagte unsere Klassenlehrerin zu Beginn der Stunde, dass gestern jemand den Postkasten eine Straße weiter mit Schnee gefüllt und alle Sendungen darin zerstört habe.

Sie fragte uns, ob wir jemanden in seiner Nähe gesehen hätten.

Valmira Surroi 21:06

Ich zog die Ärmel meines Pullovers über die Handgelenke, und ich wusste, dass wir im Heim bleiben und keinen anderen Ort sehen werden, bis zum Ende.

Senthil Vasuthevan 21:14

meine brüder haben sich früher ein zimmer geteilt; es war lang und ähnelte einem schlauch, vorne gekrümmt; hinter der tür stand ihr kleiderschrank; er steht noch heute am selben ort. auf ihm liegen die brettspiele, die mein älterer bruder damals gesammelt hatte, übereinander, packungen über packungen immer noch, die an den kanten angestoßen und an den ecken gerissen sind, weiß gerissen. wenn wir unsere eltern besuchen, spielen wir manchmal auf dem teppich in der mitte ihres alten zimmers risiko; das schlafzimmer unserer eltern liegt neben ihrem, und wenn sie oben, in der zweiten etage, sind, bleiben sie am türrahmen stehen und schauen einige minuten zu. am nächsten morgen werden sie sagen, dass wir vor über fünfzehn jahren genau so an dieser stelle um das spielbrett herumsaßen.

wir seien groß geworden, das sagen sie, und sie sagen es immer wieder.

Senthil Vasuthevan 21:25

wir saßen um das spielbrett. alle kontinente waren farbig, europa war blau, asien grün, afrika braun, nordamerika gelb, südamerika rot, australien rosa; die grenzen waren in derselben farbe gehalten, dunkler nur. unsere figuren lagen auf der karte, verstreut, auf gebieten und auch in der falte des kartons, unbeweglich nur dem anschein nach, infanterie, kavallerie und artillerie; die infanterie bestand aus soldaten, an deren schusswaffe sich ein bajonett befand, die kavallerie aus reitern, die größer waren als ihre pferde, die artillerie aus soldaten hinter kanonen auf einer lafette. als wir risiko das erste mal spielten, hielt unser älterer bruder die figuren in die höhe, und er nannte jede einheit und ihre waffen bei ihrem namen. er breitete die karte auf dem teppich in der mitte ihres zimmers vor uns aus und, es war nicht abgesprochen, es entsprach keinen regeln, die in einer anleitung gestanden hätten, sobald es vor uns lag, legte jeder seine hand auf das brett, auf einen kontinent, und sagte, dieser kontinent gehöre ihm. mein älterer bruder besaß nordamerika, ich europa und unser jüngerer asien. früher, wenn wir mit der familie verreisten, versuchte jeder von uns als erstes, aus dem flugzeug oder auto zu steigen und den asphalt mit dem fuß, die fußspitze reichte, auf diese regel einigten wir uns, zu berühren, und dieses land gehörte von hier an dem, der es als erstes betrat. wir führten eine liste. wir führten viele listen. ich führe keine listen mehr. ich erinnere mich an den geographieunterricht in der unterstufe, ich glaube, es könnte in der unterstufe gewesen sein, als wir erst auf der tafel und dann in unserem heft die erde aufteilten, in längen- und breitengrade, in minuten und sekunden; ich erinnere mich an das schwarz gekreuzter linien auf dem koordinatensystem, über keinem seitenrand. in der stunde, in der wir indien behandelten, sagte unser erdkundelehrer, ich solle der klasse etwas über *mein heimatland* erzählen. als ich vor meinem erasmussemester mich um den studienplatz bewarb, wurde ich auf dem formular nach meiner *ethnicity* gefragt, und neben dem leeren kasten stand *south asian*; ich musste etwas anklicken. er fragte mich, wann ich wieder zurückgehen würde, in *dein heimatland*, und er fragte mich nicht dreimal; in den atlanten lag sri lanka – die insel sieht aus wie der abdruck, den mein rechter handballen auf dem laptop manchmal hinterlässt –, im atlas liegt sri lanka in der mitte der doppelseite, und jaffna liegt fast auf ihrer bindung.

Senthil Vasuthevan 21:28

baptiste sagt, ich würde mich in details verlieren. er sagt, an ihnen halte ich mich auf. wenn die dinge und namen zerstört sind, wenn wir uns nicht mehr an die letzten, die allerletzten dinge und auch nicht an die ersten und allerersten namen halten können, dann gibt es vielleicht nur verstreute einzelheiten, und der zusammenhang wird zufälliger sein.

Senthil Vasuthevan 21:29

ich wollte ihm von dir erzählen, aber ich habe es nicht.

Senthil Vasuthevan 21:41

mein älterer bruder besaß nordamerika und die englische sprache, ich europa und die deutsche, mein jüngerer asien und die tamilische; von uns ist er der einzige, der tamil fließend spricht, aber auch er kann weder lesen noch schreiben. wir wuchsen dreisprachig auf. wörter aus dem englischen sind teil der tamilischen umgangssprache, und im hintergrund liefen, fast immer, im radio bbc und cnn im fernseher; mit nachrichten, mit diesen nachrichten sind wir aufgewachsen. unsere eltern warteten immer auf nachricht. sie warten nicht mehr. ich erinnere mich an nachtsichtkameras, an den grünlichen ton der aufnahmen, die die bombardierung bagdads zeigten, neunzehnhunderteinundneunzig; ich saß auf seinem schoß. wir wussten, vor dem ersten satz, green line hieß unser englischbuch, dass *sentence strafe* und *urteil* bedeutet, als in der fünften klasse unsere mitschüler nur eine in sich gegliederte zusammenhängende sprachliche äußerung darunter zu verstehen lernten. ich erinnere mich. meine mutter brachte tee. es gab eine zeit, in der wir im streit zueinander nicht die dinge und namen sagten, die geschwister zueinander sagen, ich erinnere mich, dass ein glaubensbruder, der bruder, ich habe ihn gestern erwähnt, der, der mir eine seiner gitarren lieh und mir die ersten griffe zeigte, er sagte, immer wenn er geflucht oder *schlechte wörter* benutzt hätte, habe er sich mit der flachen hand auf den mund geschlagen, bis seine vorderzähne abdrücke auf der lippeninnenseite hinterließen und er warmes blut im mund spüren konnte, es wirkt, ich sage es dir, sagte er, eine zeit, eine zeit wirkte es, ich sage es dir; es gab eine zeit, in der wir in der sprache des anderen vor einander standen oder durch rahmen und geteiltere räume namen und wörter sagten, wahllos, in keiner bestimmten folge und ohne sinn, undeutlich und immer wieder dasselbe und zueinander, und meine brüder standen vor mir oder sagten durch rahmen, durch geteiltere räume und verschlossene türen namen und wörter in meiner. diese wörter sagten uns; und wir sagten sie, bis der andere nicht mehr konnte.

Valmira Surroi 21:48

Als ich auf das Gymnasium kam, nannte ich mich *Mira*.

Jeder dachte, ich sei eine Deutsche, bis sie in der Klassenliste meinen Nachnamen sahen.

Senthil Vasuthevan 21:49

mein älterer bruder arbeitete neben seinem studium im telefonmarketing.

wenn er kunden in deutschland anrief und seinen namen als erstes nannte, legten sie fast immer auf.

seine kollegen sagten, er solle sich anders am telefon melden, und als er sich michael schmidt nannte, fingen sie an, mit ihm zu sprechen.

Valmira Surroi 21:50

Wenn ich am Telefon meinen Namen buchstabieren soll, sage ich Viktor Anton Ludwig Martha Ida Richard Anton, Sigfried Ulrich Richard Richard Otto Ida, so wie ich es bei Glücksrad gelernt habe.

Valmira Surroi 21:51

Wenn ich eine Mail schreibe, verändert die Autokorrektur meinen Namen in *Valeria* oder *Palmyra*, und wenn er nicht verändert worden ist, ist er rot unterstrichen, wie ein falsch geschriebenes Wort.

Senthil Vasuthevan 21:52

als ich ein praktikum in einer investmentbank in frankfurt absolvierte, sagte mein vorgesetzter, wenn ich hier in deutschland karriere machen wolle, müsste ich meinen namen ändern.

niemand könne sich *so einen* merken.

Valmira Surroi 21:54

Vor dem Einschlafen las ich immer in dem Duden, den ich am Eingang unserer Schulbibliothek in einem Karton gefunden hatte, ich dachte, ich könne in einem Jahr alle Fremdwörter in alphabetischer Reihenfolge auswendig lernen, und erst vor kurzem fragte mich ein Freund, weshalb ich nicht meinen Namen nenne, wenn ich Anrufe annehme, und weshalb ich die Vorwahl eingebe, wenn ich jemanden hier in Marburg anrufen will.

Senthil Vasuthevan 21:54

du kennst das stocken vor der aussprache, dieses zögern in der schule, wenn anwesenheitslisten vorgelesen wurden und später in seminaren während der verteilung der referate; du kennst es; vielleicht kennst du es auch.

Senthil Vasuthevan 21:55
ein dozent wollte mir nach einem referat den modulbogen nicht unterschreiben.

er sagte, mein vortrag müsse aus einem lehrbuch abgeschrieben worden sein. kein student würde so sprechen.

Senthil Vasuthevan 21:56
nur gebrochenes deutsch wird uns zugestanden.

es liegt an unseren namen.

Senthil Vasuthevan 21:57
es liegt an meiner haut.

Valmira Surroi 21:58
Der Dozent stellte Ismail nur mit seinem Vornamen vor, als wäre er ein Kind, und ich, und ich habe ihn auch nur bei seinem Vornamen genannt.

Wenn jemand erfährt, dass ich nicht hier geboren wurde, fangen sie an, mich für mein Deutsch zu loben, und sie fragen mich, wann ich wieder zurückgehe, zurück in *meine Heimat*, dort, wo ich *wirklich herkomme*, Du kennst es, ich muss es Dir nicht sagen.

Valmira Surroi 21:59

Hier in Marburg werde ich von den Dozenten oft für eine Austauschstudentin gehalten, und einmal schrieb eine Dozentin unter eine Hausarbeit, dass sie mir zu Beginn zu meinem *fehlerfreien Deutsch* gratulieren möchte, und Du wirst es wissen.

Valmira Surroi 22:00

Unsere Namen stehen über allem, was wir sagen, sie gehen jedem Satz voraus, und auch hier stehen sie über ihnen.

Valmira Surroi 22:03

In der Grundschule schrieb meine Schwester in einem Aufsatz, dass Albanisch und Deutsch ihre Muttersprachen seien, und ihr Lehrer strich Deutsch durch.

Er sagte, jeder Mensch könne nur eine Muttersprache haben, so, wie man nur eine Mutter hat, und als meine Schwester mich heute anrief, fragte sie, ob sie in ihrer Bewerbung nur Albanisch angeben solle.

Senthil Vasuthevan 22:10

ich kann nicht sagen, wie ich zur sprache kam, wie sie zu mir gekommen ist; vielleicht ist das die ungewissheit, in der man steht, wenn die erste schrift, die gelesen, immer wieder gelesen wurde, ich saß über sie gebeugt, mit bleistift oder textmarker, bis ich verse zitieren konnte, dann band er seinen sohn isaak und legte ihn auf den altar oben auf das holz, ich saß über sie gebeugt, bis sich verse in mich einschrieben, und pilatus antwortete: was ich geschrieben habe, habe ich geschrieben, vielleicht ist das die ungewissheit, in der man sich nicht wiederfindet, wenn die erste schrift, die gelesen wurde, heilig war, in einer sprache verfasst, die den eindruck erweckte, selbst heilig zu sein, da nur in ihr gottes wort mir erschienen ist, als eine stimme aus dem gezeichneten text, der mich während des lesens gegenzeichnete, als eine schrift vor und nach jedem buchstaben.

Senthil Vasuthevan 22:12

in der met habe ich deinen namen gesehen.

ich erinnere mich.

Valmira Surroi 22:20

Unsere erste Wohnung besaß drei Zimmer, das meiner Eltern lag gleich links an der Eingangstür, und meine Schwester und ich teilten uns das daneben. Am Fenster stand mein Schreibtisch, und ich erinnere mich an das Geräusch, das ich hören konnte, wenn ich im Winter meine Füße an die Heizung dahinter hielt und sie über die Rillen von links nach rechts bewegte. Ich schlief oben, und das Bett meiner Schwester mussten wir an einer grauen Schlaufe abends herausziehen. Nach dem Mittagessen saßen wir auf dem Sofa, und manchmal erlaubte es unsere Mutter, dass wir eine halbe Stunde fernsahen. Eliona sagte, *Mila* würde fast wie *Mira* klingen. Sie sagt *moter*, *Schwester* zu mir, und manchmal nennt sie mich *dad* oder *dada Valmire*, aber als ich das letzte Mal zu Hause gewesen bin, hat sie mich *Valmila* genannt, aus dem Nichts heraus. Wenn es regnet, stellen meine Eltern die nassen Schuhe vor unsere Tür, und manchmal, wenn nur ein Paar dort stand, nahm ich andere aus dem Flur und stellte sie zu ihnen. Über der Kommode hing eine Kleiderhakenreihe, und der Flur war breiter als der Gürtel unseres Vaters.

Valmira Surroi 22:28

Wir wohnten noch im Heim, als mein Vater in einer Fabrik zu arbeiten begann. Ich wusste nicht, dass wir nur eine befristete Aufenthaltsgenehmigung besaßen, unsere Eltern hatten nie mit mir darüber gesprochen, und auch Onkel Wilhelm und Tante Elisabeth hatten es nie vor mir erwähnt. Ich kann mich daran erinnern, wie wir auf den dunklen Schalenstühlen saßen, auf denen ich gewartet hatte, wenn ich hierher gekommen war, um meine Zeugnisse vorzulegen, und mein Vater hielt die Papiere in der Hand, und in der anderen lag die meiner Mutter. Eine Etage darüber stellten wir unseren Antrag auf Einbürgerung, und ich hatte alle meine Schulzeugnisse dabei, sie lagen in dem Schnellhefter, in dem sie immer noch liegen, er ist grün. Mein Vater hatte seinen Lebenslauf mit der Hand geschrieben, und einige Monate später mussten wir uns erheben und uns bekennen, unsere Akte komme in den Reißwolf, das wurde bei der Verabschiedung zu uns gesagt, meine Eltern haben nie einen Deutschkurs besucht. Onkel Wilhelm gab meinem Vater am Anfang ein Blatt Papier mit einigen Wörtern und Sätzen darauf, und wenn wir im Gemeinschaftsraum waren, haben wir uns manchmal Kinderserien zusammen angesehen, und mein Vater sagt, eine Sprache würde man erlernen, indem man die Worte der anderen, indem wir fremde Wörter für die eigenen halten, und er sagte, er glaube es.

Valmira Surroi 22:35

Wir warteten. Wir warteten vor der Tür, als wir den Antrag abgegeben hatten, und auf dem Flur sagte mein Vater, wir werden jetzt hierbleiben, und er sagte es auf Deutsch. Wenn wir schlafen gingen, stand er auf, und einmal, an einem Samstag, schlief er noch, und ihr Zimmer besaß keine Tür. Er benutzte Ohropax, und wenn ich an ihm vorbeiging, sah ich die bunte Farbe in seinem Ohr, und ich erinnerte mich daran, wie er lange krank gewesen war, jede Nacht hatte ich gebetet. Als wir das erste Mal gemeinsam die Serie schauten, saß meine Schwester neben mir, und sie sagte, sie wolle Midori sein und ich sähe aus wie Mila. Marie glaubte, sie würde *Elena* heißen. Sie war eine Klasse über mir. Ich hatte begonnen, meinen Eltern nur noch auf Deutsch zu antworten, und sie sagten, ne ket shtepi flitet shqip, und sie sagten, in diesem Haus wird Albanisch gesprochen. Die Hände meines Vaters lagen auf der Decke und sie sahen wie ausgegrabene Wurzeln aus. Meine Schwester holte seinen Gürtel aus dem Schrank und sie war leise.

Valmira Surroi 22:43

Wir stellten unsere Schuhe in das Treppenhaus und legten ihn in der Mitte auf den Boden. Er sollte die Grenze sein, und sie dürfe sie nicht übertreten, auf Elionas Seite stand die Kommode. Unser Vater hatte Ballons mitgebracht, und meine Schwester warf einen in die Höhe wie Midori, sie schlug auf und wir sagten kein Wort. Ich kann mich nicht mehr daran erinnern, wer von uns beiden die Mittellinie verschoben hat, aber wie mein Vater vor mir stand, daran ich erinnere mich. Marie zeigte auf ihr Bett und sie sagte, es sei groß genug für uns beide, ich könne hierbleiben, keiner würde mich hier finden, und wir legten uns auf ein Feld. Wir legten uns auf ein Feld und wir lagen auf einer grauen Decke und sie hatte Zigaretten dabei, sie nannte mich *Mira*. Ich wollte weg, ich wollte weg von meinen Eltern, von dieser Sprache und von meinem Namen. Marie gab mir eine Zigarette. Sie zeigte mir, wie ich sie halten sollte, und mit einem Streichholz zündete sie sie an. Es war September und es wurde langsam dunkel. Sie wusste nichts davon. Wir rauchten in den Himmel und ich habe ihr nichts davon erzählt.

Oben in ihrem Zimmer habe ich ihr nur meinen Rücken und die Striemen darauf gezeigt, und sie legte ihren Finger auf einen Abdruck, den die Gürtelschnalle auf ihm hinterlassen hatte, und sie sagte noch ein- oder zweimal, du kannst hierbleiben, bleib, solange du willst.

Valmira Surroi 22:50

Wir saßen auf dem Teppich in ihrem Zimmer und schauten Das Schweigen der Lämmer, als ihre Mutter hereinkam, mein Vater stehe vor der Tür, er wolle mich abholen, es sei spät. Ich weiß nicht, wie er mich gefunden hatte, ich weiß es bis heute nicht, und ich werde ihn nicht fragen. Er öffnete die Beifahrertür. Er schaute mich nicht an. Wir fuhren eine halbe Stunde. Er sagte, deine Mutter und Schwester warten auf dich, und er sagte es auf Deutsch. Als wir ausstiegen, sah ich von der Straße aus, dass die Gardinen am Küchenfenster zur Seite geschoben worden waren und dass Eliona dort stand und auf mich schaute. Sie küsste meine Hände und legte ihre Augen auf den Rücken. Sie sagte, moter, du hast gesagt, wir könnten jetzt hierbleiben, aber du hast uns verlassen.

Senthil Vasuthevan 23:16

wir standen zwischen geschlossenen geschäften in der enge eines häuserspalts in hemd und krawatte und der knoten um meinen hals war ein einfacher windsor; mein vater zeigte mir, wie er gebunden wird, sechs schritte, sagte er vor dem spiegel, in dem ich seinen rücken und seinen hinterkopf vor der hälfte meines gesichts sah, es sind sechs schritte, behalte sie, und ich behielt sie. wir stellten unsere umhängetaschen auf dem boden ab. er reichte mir eine zigarette. bartholomäus war zwölf jahre älter als ich und in meinem alter war er bereits getauft. jeden freitag besuchte er uns, sechzehn uhr fünfundfünfzig parkte sein auto auf der straße davor, und auf dem kiefernen esstisch, den wie die anderen gegenstände unser vater auch im sperrmüll gefunden hatte, lasen wir die bibel, wir lasen auf mit weichem strohgeflecht bezogenen stühlen, die löchrig waren, an einigen stellen. sein vater gehörte zu den ältesten in unserer heimatversammlung. in den *zusammenkünften*, so werden die gottesdienste genannt, so heißen sie, wurde dreimal gesungen, am anfang, in der mitte und zum ende. zwischen zeige- und mittelfinger musst du sie halten. es gab versammlungen wie die tamilische zweiundachtzig kilometer entfernt, wir fuhren zu ihr, entlang gerader und gebogener schutzplanken, und hinter ihnen lagen über den felshängen netze zum schutz vor geröll; kein gelber engel streifte uns; manchmal wurden wir von unserer mutter begleitet; sie – früher habe ich *konversation* und *konversion*, *apotheke* und *apokalypse*, das *apostroph* und den *apostel* verwechselt, und es dauerte, bis ich den abgewandten vom abgesandten unterscheiden konnte, mit sicherheit; es dauerte – konvertierte nicht; sie sagte, ihre familie seien hindus, und sie sagte es nicht auf deutsch. wenn sie von *brahman* sprach, hörte ich *abraham*. es gab einige versammlungen wie die tamilische, die jeden zweiten samstag im monat stattfand und in der, anders als in unserer, keine brüder und schwestern königreichslieder mit ihren instrumenten spielten und in der ein grauer kassettenrekorder vorne stand, neben dem pult; nachdem wir das geräusch der taste, dieses klacken, gehört hatten, öffneten wir unsere münder. zünde sie an. nimm tiefe züge. während der fahrt wechselten wir uns nicht ab. mein älterer bruder saß auf dem beifahrersitz und wir hörten die kassetten kurz, auf die er musik zuvor aus dem radio aufgenommen hatte, george michael, westbam, whitney houston, bis unser vater zum deutschlandfunk wechselte; wir müssen nachrichten hören. bartholomäus spielte gitarre, vorne. nach dem bibelstudium aßen wir beide zusammen mit meinen brüdern zu abend; unsere eltern sagten, und sie sagen es immer noch, gelegentlich, wenn wir auf ihn zu sprechen kommen, er sei wie ein sohn, er sei ein sohn für sie gewesen; er zeigte mir griffe, bis in die hornhaut zeigte er mir griffe tief. du musst den rauch durch deine lunge ziehen. lass dir zeit. wir haben zeit. wir haben keine zeit mehr.

Senthil Vasuthevan 23:24

sein name verriet ihn. wenn brüder und schwestern einen biblischen namen tragen, einen ungewohnten wie seinen, anders als die unserer freunde, die matthias und lukas und philipp und jonas hießen, heißt es, dass sie nicht nur, wie wir, in der wahrheit aufgewachsen, sondern auch in sie hineingeboren seien; an ihren namen konnte man es ablesen; ihr name sagte es. atme aus, jetzt, langsam; langsamer. so ist es richtig. er zitierte, er zitierte, verse und immer zu, und ich verstand nicht, noch nicht, dass das zitieren als ein zeichen der standfestigkeit im glauben betrachtet wurde, und als ich zu verstehen begann, war es bereits zu spät. ich begann zu lesen. ich las. ich las, bis in den morgen, lange. asch ab. als ich meine bibel das letzte mal gesehen habe, strich ich über dünnere seiten, über die verstreuten einritzungen meines daumens, über die markierungen neben der zahl; diese stellen konnte ich auswendig. er saß mir gegenüber am kiefernen esstisch und sprach über erster mose kapitel drei vers neunzehn, bis du zurückkehrst zur erde, denn von ihr bist du genommen. er zeigte mir seine handflächen. er hielt sie in die höhe und begann sie aneinanderzureiben, und die epidermisschuppen auf ihnen waren klein und eher schwärzlich; sie erinnerten mich an das, was nach dem radieren übrig bleibt, dunkel, dunkler nur. ich sei erde und zu erde solle ich werden. wir standen nach dem predigtdienst in einem häuserspalt, und als der filter fast erreicht war, sagte er, schrift sei gift, behalte diesen satz, und ich behielt ihn. den rest kannst du wegwerfen.

Valmira Surroi 23:45

Mein Vater hatte sich das Auto meines Onkels geborgt, und damit brachte er mich zur Schule. Es war weiß. Auf den Straßen lag seit Tagen Sperrmüll, und nachdem wir den Globus verlassen hatten, sah er die Matratze, vor der Möbel standen und blaue Müllsäcke lagen, und die Hauswand, an der sie angelehnt war, war dunkelgrau, ich erinnere mich daran. Er stellte die Tüten auf den Boden und zog sie heraus, mein Vater betrachtete sie von allen Seiten. Der Weg zurück war ein Stück gepflastert. Wir liefen durch den Wald, und aus der Entfernung konnte ich bereits unser Heim und das Loch davor im Zaun sehen, jeder wusste davon, wir gingen hindurch. Der jüngere Bruder meines Vaters wohnte mit seiner Familie in Frankreich, in einer Kleinstadt in der Nähe von Nantes, und immer, wenn axha Luan uns besuchte, kam er durch ihn, und auch wir stiegen durch den Zaun, wenn wir das Gelände ohne Genehmigung verließen. Am Eingang stand ein Wachhaus, in dem wir eine formlose, von unseren Eltern unterschriebene Erklärung abgeben mussten, wenn wir uns alleine außerhalb des Heims aufhalten wollten, und jeder, der uns besuchte, musste hier seinen Ausweis abgeben. Ich wusste noch nicht, dass *ausweisen* beides heißen kann, dass es bedeutet, dass wir unsere Identität durch ein Stück Plastik oder Papier beweisen, und dass es bedeutet, dass wir ein Land verlassen müssen, und vielleicht sind diese Bedeutungen nicht weit voneinander entfernt, ich bin mir nicht sicher. Nach 22 Uhr durften sie nicht bleiben, und auch übernachten durften sie nicht. Axha Luan und Onkel Wilhelm waren dabei, als mein Vater einige Jahre später unser erstes Auto kaufte. Eliona rannte zu ihm. Sie stand davor und sie berührte das Nummernschild, und sie strich mit ihren Fingern über die Buchstaben und Zahlen, und zwischen der Stadt und der Nummer standen unsere Initialen. Mein Vater hielt das eine Stück des Zaunes zur Seite, während sein Bruder hindurchging, und ich konnte sie von unserem Fenster aus sehen, und ich wartete.

Valmira Surroi 23:54

Am Anfang erhielten wir Nahrungsmittelpakete, und nach einigen Monaten wurden sie durch Einkaufsgutscheine ersetzt, die wir in zwei Supermärkten, im nächsten Globus und Rewe einlösen konnten, es waren Listen, auf denen links oben der Name meines Vaters und darunter unsere Heimadresse, die Geschäfte, der Gültigkeitszeitraum und der Gesamtbetrag standen. Ich kann mich nicht mehr an die Höhe des Satzes erinnern, aber ich erinnere mich daran, dass meine Eltern am letzten Tag eines jeden Monats in das Büro der Sozialarbeiter gingen und ihnen sagen mussten, was wir in den nächsten Wochen brauchen würden, und vielleicht bemaß er sich neben der Anzahl der Familienmitglieder und unserem Alter auch daran. Zu Nikolaus sagten sie, wir sollten unsere Schuhe vor die Tür stellen, und zu Ostern lagen grüne Körbe mit Holzwolle und Schokoladeneiern davor, sie vergaßen keinen Geburtstag. Manchmal sagten die Verkäuferinnen an der Kasse, dass wir die Kleidung, die unsere Eltern für uns ausgesucht hatten, zurücklegen müssten, und meine Mutter nahm sie vom

Band und sie lief mit ihnen durch die Schlange zu den Regalen, und die Schlange hinter uns war lang und sie wurde immer länger. Wir warteten. Jeder musste unseretwegen warten. Ich habe nicht gewusst, dass mein Vater Zigaretten verkauft hat. Meine Mutter hat es mir erst letzte Woche erzählt. Wenn wir zu den Supermärkten gingen, stand ich vor den Zeitschriftenregalen, und ich las, ich wollte so viel wie möglich in dieser Zeit lesen, von unseren Gutscheinen durften wir keine Magazine kaufen, und einmal, als ich wieder davorstand, kam ein Verkäufer, und er sagte, wir seien hier nicht in einer Bibliothek. Früher habe ich noch nicht gewusst, dass *Magazin* eine Zeitschrift, ein Lager und das Gehäuse für Munitionen sein kann. Mein Vater hatte es gesehen. Er kam und er sagte, wenn sie lesen möchte, liest sie, und er sagte es in gebrochenem Deutsch. Am nächsten Tag lag das Magazin auf meinem Bett, und jede Woche lag es dort, und ich, ich kann mich nicht mehr daran erinnern, wie es hieß.

Freitag

Valmira Surroi 00:06

Es gab auch Gutscheine zu Beginn des Schuljahres. Ich besaß einen Ranzen von McNeill, und auch die Federmappe, die ich mit meiner Schere zerkratzt und die ich mit dem Füller beschmiert hatte, war rosa, sie gehörten zusammen. Ich nahm sie und ich ging zur Sozialarbeiterin, und eine Woche später gab sie mir eine andere. Unsere Lehrerin sagte, wir würden in der nächsten Stunde gemeinsam in den Wald gehen und uns dort Bäume und Pflanzen ansehen, jeder würde danach ein eigenes Herbarium erstellen. Sie wusste, dass wir in der Nähe wohnten, hier, fast am Ende des Waldes, aber für mich nahm er keines, er hörte nicht auf. Wenn ich einen Apfel und versehentlich seine Kerne aß, dachte ich, ein Baum würde in mir wachsen und ich würde mich nicht mehr bewegen können und zu dem Wald gehören. Ich fragte sie, ob ich sie und meine Klasse zu uns nach Hause einladen dürfe, ich wollte ihnen meine Eltern und meine kleine Schwester vorstellen und ihnen unser Zimmer und die Bilder, die ich gemalt und an unsere Wand gehängt hatte, zeigen, und ich dachte, vielleicht könnte meine Mutter speca ta mbushur me mish e oriz, vielleicht könnte sie gefüllte Paprika mit Hackfleisch und Reis für uns kochen, am Anfang konnte ich nicht sagen, wo ein Wort endete und wo ein anderes begann. Als wir am Eingang standen, sagte der Wachmann, sie hätte vergessen, einen Antrag zu stellen, wir bräuchten eine schriftliche Genehmigung. Wir standen vor der Schranke und nur ich durfte sie passieren.

Valmira Surroi 00:12

Mein Vater parkte in einer Seitenstraße. Er sagte, wenn die Wachmänner es ihm nicht erlauben sollten, sie mit ins Heim zu nehmen, würde er die Matratze durch den Zaun tragen, das Loch sei groß genug, vielleicht müsse er ihn nur etwas nach außen biegen, damit die Drähte sie nicht zerschneiden, und sie würde hineinpassen. Ich stand bereits am Tor, und später, in der Pause, sprachen alle davon, dass ein Auto, als es losfahren wollte, in ein anderes gefahren sei, jeder auf dem Hof habe es gesehen und gehört, niemand sei dabei verletzt worden. Ich sagte kein Wort. Wir besaßen zwei Kochplatten und einen kleinen Kühlschrank. Sie standen in unserem Zimmer und unten in der Gemeinschaftsküche spülten wir unser Geschirr, es hat speca ta mbushur gegeben. Ich trocknete ab. Ich sagte zu meinem Vater, es sei nicht seine Schuld gewesen. Er stand am Waschbecken und seine Hände waren im Wasser. Mein Vater spülte das Geschirr und er sagte, ich wusste nicht, dass du mich gesehen hast, aber warum bist du dann nicht zu mir gekommen?

Valmira Surroi 00:17

Erzähle mir von Deinem Vater.

Senthil Vasuthevan 00:20

mein vater – ich weiß nicht, wo ich anfangen soll.

bartholomäus' vater las mit meinem samstags die bibel, auf englisch – als baptistes vater in berlin zu besuch war, er spricht deutsch, fragte er mich, nach welcher übersetzung ich aus dem zweiten brief an die korinther, kapitel drei vers sechs zitiert hätte, und ich begann zu begreifen, dass sich in den jahren, allmählich, übersetzungen über übersetzungen über übersetzungen gelegt haben mussten, verschiedene, die einheitsübersetzung über die luthers über die elberfelder über die gute nachricht und sie über die neue welt übersetzung der heiligen schrift, so lange, bis ich nicht mehr sagen konnte, was zuerst da war und was zuletzt, so lange, bis es keinen anfang und kein ende mehr gab –, mein vater las mit ihm die bibel, nachdem wir in das vierte asyllandheim gezogen waren, und später auch in der sozialwohnung, am esstisch und auf mit strohgeflecht bezogenen stühlen. das abendmahl findet jedes jahr am vierzehnten nisan nach sonnenuntergang statt. denn ich habe euch zuerst überliefert, was ich empfangen habe: dass christus gestorben sei für unsere sünden nach der schrift. ich saß in der ersten reihe neben meinen brüdern und bartholomäus, mein vater, wie immer, zwei reihen hinter uns neben seinem, und, als brot und wein durch die reihen gereicht wurden, sagte er, nur die einhundertvierundvierzigtausend, eine gruppe von berufenen, die nach harmagedon und ihrer auferstehung mit jesus im himmel über die erde regieren werden, *geistgesalbt* seien sie, hieß es, dürfen von ihnen nehmen. denn ich habe vom herrn empfangen, was ich euch weitergegeben habe: jesus, der herr, nahm in der nacht, in der er verraten und ausgeliefert wurde, brot, sprach das dankgebet, brach es und sagte, das ist mein leib, der für euch ist. dies tut zu meinem gedächtnis. er nahm den kelch und sprach, dieser kelch ist der neue bund in meinem blut, dies tut, sooft ihr trinkt, zu meinem gedächtnis. denn sooft ihr von diesem brot esst und aus dem kelch trinkt, verkündigt ihr den tod des herrn, bis er kommt. der tod christi ist der tod dieses todes selbst, die negation der negation. ich wartete. ich wartete auf ein zeichen, auf eine stimme, die aus einem brennenden busch zur mir sprechen würde, im wald, am straßenrand, vielleicht, das dachte ich, gehöre auch ich zu ihnen, aber ich kannte nur bilder brennender palmen aus dem fernseher, und auch sie waren und blieben stumm; die stimmen waren nicht die gottes und vielleicht, und vielleicht hatte von anfang an vater meine sprache schon verlassen. es gab keine sendung. wer unwürdig von dem brot isst und aus dem kelch trinkt, macht sich schuldig am leib und am blut des herrn. *gedächtnismahl*, so wird die eucharistie von zeugen jehovas genannt, und ich vergaß immer das letzte h zu schreiben. ich erinnere mich.

Senthil Vasuthevan 00:33

ich muss anders anfangen.

ich fange an. meine erste erinnerung an ihn: wir saßen auf einem sofa mit dunkelgrünem stickmuster, eine glasvitrine stand gegenüber und dazwischen vielleicht ein tisch; wir saßen im wohnzimmer. die wandfarbe im korridor des vierten asyllandheims war blau; wir warteten. der fernseher lief, wir sahen fern später und lange, als wir etwas älter waren, familienduell, mini playback show, disney club, die schlümpfe, saber rider, he-man, odysseus einunddreißig, turtles, ducktales, tom und jerry, bravestarr, gummibären, wir sahen fern, lange; vielleicht haben wir die gleiche folge glücksrad gesehen, zur gleichen zeit; unsere mutter sagte, so würden wir die sprache erlernen; wenn wir die worte der anderen, wenn wir fremde wörter für die eigenen halten. ich weiß nicht, wer ihr das hörbuch gab. sie sagt auch heute, immer noch, dass wir nur aßen, wenn sie die cap und capper kassette eingelegt hat, und sobald wir das geräusch der taste, die das fach öffnete, hörten, und sobald wir dieses klacken hörten, öffneten wir unsere münder. wenn unsere mutter tamilisch kocht, essen unsere eltern mit den händen und wir mit besteck. später lieh mein bruder sich aus der stadtbibliothek die drei fragezeichen aus, und wir nannten uns justus, peter und bob. sie kann immer noch die stimmen von cap und capper imitieren; wir saßen im wohnzimmer. meine mutter könnte gesagt haben, dass wir geduldig sein sollten, euer vater kam jede sekunde zurück sein, das vielleicht hatte sie gesagt; sie könnte es nicht auf deutsch gesagt haben. hat sie es gesagt? sie könnte es nicht auf deutsch gesagt haben, aber ich erinnere mich, als hätte sie es; ich erinnere mich nur auf deutsch. hat sie es gesagt? hat sie etwas gesagt? erinnere ich mich? wenn wir eine sprache vergessen, verlieren und vergessen wir auch das, was wir in ihr erfahren haben? haben wir etwas in ihr erfahren? können wir etwas verlieren, das wir nicht besitzen? erinnere ich mich? ich erinnere mich an meinen vater, so, als hätte ich ihn das erste mal gesehen. wir sollten geduldig sein. unser vater hatte die hornbrille getragen, die er auch auf den bildern aus dieser zeit trägt – was gab es zuerst, die erinnerung oder ein bild, das allmählich erinnerung wurde? was gab es zuerst und was wird zuletzt bleiben, die erinnerung oder ein bild von ihr, das bildnis, das wir uns von unseren eltern gemacht haben und das wir uns machen? von dir aber wird nur schrift bleiben, und auch sie bleibt nicht, du weißt es – und er trägt einen blauen müllsack über seiner schulter. er sagte, wir sollten zu ihm kommen, und wir kamen zu ihm. er küsste uns auf die stirn, so, wie er es immer tat, wenn er uns zu bett brachte, damals, so wie anfang dezember, als ich das letzte mal zu besuch war; er dachte, ich würde schlafen. später, in drei oder vier jahren, würden wir in der sozialwohnung auf einem sofa sitzen und die chipmunks schauen, und unser älterer bruder würde sagen, sie sähen aus wie wir; in drei oder vier jahren würden wir sagen, er heißt simon, ich alvin und theodore heißt unser jüngster. unsere eltern schliefen auf dem sofa und wir zu dritt in ihrem bett. mein vater saß an der kante und sang, leise, leise ohne stimme, fast, und ich kann nicht sagen, ob es ein altes tamilisches kinderlied war, das ihm vielleicht seine mutter oder sein vater vorgesungen hatte, oder eine, seine erfindung, und vielleicht sagt das auch der name, den wir empfangen haben von ihnen an einem anderen ort und in einer anderen zeit, dass wir eine, seine erfindung sind, und vielleicht sagt er es jedes mal erneut. ich weiß, ich komme nicht weiter. ich würde mich in details verlieren. an ihnen würde ich mich aufhalten; in ihnen halten wir uns auf.

Senthil Vasuthevan 00:55

ich fange an. meine erste erinnerung an ihn: wir saßen um ihn herum auf dem beigen teppich mit dem dunkelbraunen muster und ich erinnere mich an das geräusch der spielfiguren, als er den müllsack vor uns leerte, ich glaube mich daran erinnern zu können. er war durch die ganze stadt gelaufen und über stunden hatte er gesucht, er hatte gesucht, abends. wir wussten nichts davon. wir wussten noch nichts davon. was wissen wir schon davon. wir werden nichts davon gewusst haben. unsere eltern schauten zu. mein älterer bruder fuhr mit einem roten matchbox auto über den boden, immer in derselben richtung, im kreis, im uhrzeigersinn, und ich hielt einen dinosaurier in meiner hand, einen triceratops, es könnte ein triceratops gewesen sein, dessen oberfläche rau war und noch feucht. keine figur hielt unser vater in die höhe, und auch ihren namen kannte er nicht. seine ärmel waren nass und es war dunkel am fenster hinter gardinen. ich habe noch nicht angefangen. sperrmüll lag auf den straßen seit tagen. im korridor erschien er mir; dort ist er mir zum ersten mal erschienen.

Senthil Vasuthevan 01:13

ich fange an. das tamilische namensrecht: der vorname des vaters wird der nachname der kinder sein. sie tragen den namen des vaters, aber er trägt einen, den eines anderen. hier, in deutschland, endet diese linie. wenn wir kinder haben sollten, werden sie nicht meinen vor-, sondern den unseres vaters als nachnamen erhalten. mit uns endet dieses gesetz. wir sind das ende. unsere großmutter wird *appama* genannt. ich kenne sie von einem foto, dem einzigen, und einer alten rotstichigen videoaufnahme; sie stand vor ihrem haus, vor der offenen tür neben meinem großvater, *appapa* hätten wir zu ihm gesagt, seitlich, und weiße linien lagen über ihnen auf dem bildschirm, die sich bewegten, weiß auf der groben körnung schmaler körper; sie bewegten sich nicht. die kameras, mit der beide, mit der das bild geschossen und der sekundenbruch des videos aufgenommen wurden, könnten aus dem geschäft meines vaters stammen. es gibt namen, an denen man die kaste des trägers ablesen kann; unserer gehört nicht zu ihnen. als ich hier in berlin zu studieren anfing, habe ich ein oder zwei monate sanskrit gelernt. die veden, eine sammlung heiliger hinduistischer texte, ist in ihr, in devanagari, in ihrer schrift überliefert worden; devanagari kann als *schrift aus der stadt der götter* übersetzt werden. ihre buchstaben kannte ich bereits, ich war es gewohnt, sie zu sehen, auch hindi wird in ihr geschrieben; erst als ich sie zu schreiben begann, fiel mir auf, dass sie wie schlangen aussahen, die, allein oder mit anderen, von decken hängen, in verschiedener form. wenn wir früher sprachen lernten, saßen wir am küchentisch neben unserer mutter oder unserem vater, und sie oder er legte ein weißes papier auf die seite, auf der die lateinischen und französischen vokabeln standen, und mit jedem wort, das wir behalten konnten, zogen sie es ein stück weiter nach unten; als ich altgriechisch und sanskrit lernte, legte ich ein weißes papier auf eine seite, und mit jedem wort, das ich behalten konnte, zog ich es ein stück weiter nach unten. als meine großmutter ein kind war, soll sie vor dem haus ihrer eltern in der hocke mit kobras gesprochen haben, bevor sie stöcke und steine nahm, um sie zu töten. mein vater sagt, dass sei der grund für ihre ersten vier totgeburten gewesen, und auch er wurde am anfang für eine totgeburt gehalten. niemand weiß, wann er, seine beiden brüder und seine schwester geboren wurden, niemand wusste es, und das geburtsdatum wird mit dem ausstellungsdatum ihrer geburtsurkunden identisch gewesen sein. auf unserem dritten kongress habe ich gesehen, wie er getauft wurde, ich sah es mit meinen eigenen augen. ich weiß nicht, ob es einen etymologischen zusammenhang gibt, im altgriechischkurs verwechselte ich eine zeit, eine lange zeit lang *phoné* mit *phónos*, *stimme* mit *mord*, obwohl nicht nur das omega und die position des akuts, des akzents, sie voneinander unterscheiden, ich weiß nicht, ob es einen zusammenhang gibt, der devanagari, der die schrift mit der schlange über die ablenkung einer alliteration hinaus verbindet. schlangen gelten im hinduismus als heilig. die schlangengottheiten heißen *naga*. sie stehen in ihrer mitte. sie halten sie zusammen.

Senthil Vasuthevan 01:24

ich fange an. neunzehnhundertsiebenundneunzig, es könnte neunzehnhundertsiebenundneunzig gewesen sein, als mein vater das letzte mal in sri lanka war. sein ältester bruder entzündete das feuer während der beerdigung unseres großvaters, und er war es, der den leichnam seiner mutter verbrannte; sein anderer bruder, der an der reihe gewesen wäre, war verschwunden zu dieser zeit; er war es, der meinem vater briefe schickte, mit bildern seiner familie darin; ich erinnere mich, dass ich den anruf entgegennahm, und mein onkel, er wohnt in kanada, und auch meine eltern wollten anfangs dorthin, mich fragte, ob er mit ihm sprechen könne. ich rief ihn. jeden tag betete ich in diesen zwei wochen, in denen er zurück war, in jaffna, in seiner und meiner geburtstadt, jeden tag bat ich jehova, dass er wieder zurückkommen möge; ich habe ihn in meine gebete eingeschlossen. er hat mir nur ein foto von der beerdigung gezeigt. mein vater trägt weiß; weiß sei die farbe der trauer. er hat sie seit seiner flucht nicht wiedergesehen. in dieses land konnten unsere eltern nicht zurück; sie wichen auf indien aus. wir verbrachten sommerferien, sechs wochen ohne unterbrechung, in chennai über mumbai, das bombay kurz zuvor noch geheißen hatte, meine brüder und ich in videospielarkaden und im pool, auf der straße bewarfen wir geckos mit steinen und im hotelzimmer schauten wir akte x, das erste mal in dem jahr, als die stadt und städte unbenannt wurden; chennai liegt im bundesstaat tamil nadu, an der ostküste südindiens; *tamil nadu* kann als *land der tamilischen sprache* und als *tamilisches land* übersetzt werden; tamil ist amtssprache. als der krieg im mai zweitausendneun endete, warteten mein vater und ich im auto vor dem tempel in nürnberg, wo meine mutter und mein jüngerer bruder beteten, und er sagte, bevor er den sitz zurückstellte und sich schlafen legte, wie könne jemand jetzt noch an jehova glauben. wir trafen meine tante und meine cousine, die mutter und jüngste schwester meines cousins, der in oslo lebt, die mutter und jüngste schwester meines cousins, der in toronto lebt, du kennst sie, die einzigen nahen verwandten mütterlicherseits, die damals noch in sri lanka, in colombo allerdings, wohnten. zweitausend, nachdem auch sie geflohen waren, gab es keinen grund mehr, nach indien zu gehen. mein vater lag in unserem hotelzimmer im bett und schlief, und ich lag neben ihm und spielte – ich muss noch einmal von vorne anfangen. wenn ich mich damals, in der zeit, als ich zu schreiben anfing, verschrieben hatte, begann ich entweder auf einer neuen seite von vorne, oder ich verbog mit einer schere die klammern und trennte die bögen mit meinen fehlern vorsichtig heraus. wir haben noch nicht zu schreiben begonnen. wir werden nicht einander zu schreiben begonnen haben. wer mich gesehen hat, hat meinen vater gesehen. ich muss noch einmal von vorne anfangen.

Senthil Vasuthevan 01:26

ich fange an: mein vater sagte einmal, ich kann dir nicht sagen, wann und wo, mein vater sagte, dass er in unserem hotelzimmer lag und schlief, und ich lag neben ihm und spielte auf dem gameboy, als meine cousine hereingekommen sei und gefragt haben soll, ob ich nicht auch mit ihr und den anderen an den strand gehen wolle. ich sagte, mein vater sagte, dass ich sagte, dass ich gesagt haben soll, dass ich hier, dass ich hier bei ihm bleibe, er wäre sonst allein; ich hatte gedacht, er würde schlafen.

Senthil Vasuthevan 01:40

ich fange nicht an. ich bin das alpha und das omega, der anfang und das ende. genannt wurden wir zeugen jehovas und selbst nannten wir uns jehovas zeugen. so hießen wir. und er spricht: schreibe. denn diese worte sind gewiss und wahrhaftig. seid geduldig, euer vater wird jede sekunde zurück sein. ich warte. ich, ich bin der herr, und außer mir gibt es keinen retter. vor mir wurde kein gott gebildet, und nach mir wird keiner sein. ihr seid meine zeugen. wir waren seine zeugen. ich besuchte den katholischen religionsunterricht, von der grundschule bis in die mittelstufe, bis ethik als fach eingerichtet wurde, parallel, zur selben stunde, für konfessionslose und für schüler *ohne bekenntnis*, wie es hieß, und sie redeten von einem gott, den sie nur *gott* nannten; ich aber kannte seinen wahren namen. in der schule und vor unseren freunden habe ich ihn nie gesagt. wenn ich nach meiner religion gefragt wurde, sagte ich, wir seien hindus. ich hatte kein bekenntnis. ich habe kein bekenntnis. ich habe ihn verraten. die isrealiten durften seinen namen nicht aussprechen, und auch heute wird im judentum *adonai*, *meine herren*, und *haschem*, *der name*, gesagt, an seiner stelle. im hebräischen wurden nur konsonanten geschrieben. die ursprünglichen vokale und ihr laut sind seit langem vergessen. wir wissen nicht mehr, wie JHWH ausgesprochen wurde und wie sein name, der name der namen, der name vor und nach jedem namen, ausgesprochen werden soll. ich bekannte mich nicht. wir müssen geduldig sein. in dieser nacht, ehe der hahn kräht, wirst du mich dreimal verleugnet haben. wir müssen geduldig sein. ich bin der herr, dein gott, der dich aus dem land herausgeführt hat. du sollst keine anderen götter haben neben mir. es gibt keine sprache außerhalb dieses namens; sein name ist in ihr, weil er sie überschreitet. er ist das, worüber hinaus nichts größeres gedacht werden kann. immer wenn wir im auto saßen und zum frankfurter flughafen fuhren, senkte unser vater vor der fahrt den kopf und begann zu beten. in seinem portemonnaie liegen alte fotos von uns, und auch hier auf facebook sind wir zu sehen, als sein titelbild; es wurde nach der abschlussfeier meines jüngeren bruders geschossen. bevor er den motor startete, streckte er seine hand nach hinten zu uns aus, und wir saßen auf der rückbank und legten unsere auf sie, so, wie wir es vor längeren fahrten getan haben. ich stand auf den stufen der wendeltreppe und er stand vor mir und band sich meine krawatte um den hals. wenn du älter bist, werde ich dir zeigen, wie man sie bindet. es sind sechs schritte. du wirst sie behalten. ich erinnere mich. ich habe noch nicht angefangen, aber dich habe ich verlassen.

Valmira Surroi 01:51

Früher dachte ich, dass jedes deutsche Wort aus anderen zusammengesetzt sei, ich dachte, dass in jedem Wort mindestens noch ein anderes liegt und dass sie zusammenhängen würden, auch wenn ich nicht wusste, wie. In einer Ecke des Gemeinschaftsraums stand ein kleiner Holzschrank und in ihm lagen Karten- und Brettspiele, aber wir spielten Die Reise nach Jerusalem, Kofferpacken oder Stadt Land Fluss, und mit einer Freundin spielte ich Memory und Himmel und Hölle auf dem Hof, und manchmal saßen wir einander gegenüber und wir schrieben ein Wort auf ein Blatt und wir hielten unsere Hände davor, damit die andere es nicht sehen konnte, und danach tauschten wir es. Mein Vater lieh mir seine Uhr und wir stoppten die Zeit, für jedes Wort hatten wir fünf Sekunden, um ein Wort im Wort, zu finden, die Lunge in *Erzählungen*, die Rache in *Sprache*, ein Ich in *Nichts*.

Und wenn wir uns im Heim gekannt hätten, hätte ich auch Deinen Vater in *Appartement* gefunden, ich weiß es.

Valmira Surroi 01:52

Ich weiß, dass ich ihn darin sehen werde, immer, wenn ich das Wort lese.

Valmira Surroi 01:52

Sie hieß Kübra, und sie gab mir die Umschläge mit meinen ersten türkischen Briefmarken darauf.

Valmira Surroi 01:54

Vor einigen Wochen schickte sie mir eine Freundschaftseinladung.

Valmira Surroi 01:55

Sie heißt Kübra, Kübra Dogru, und als ich sie fragte, was ihre Namen bedeuten, sagte sie, Kübra komme sechsmal im Koran vor und heiße *die Erhabene*, und sie sagte, mein Nachname ist *wahr.*

Valmira Surroi 01:57

Ihre Mitschüler haben sie *Kobra* genannt.

Senthil Vasuthevan 02:06

es gab eine folge, in der alvin, ich glaube, es war alvin, zu einem buchstabierwettbewerb eingeladen wurde. ich kann mich an den namen ihres ziehvaters nicht erinnern, aber mit ihm bereitete er sich vor, und unter den wörtern, die sie übten, war auch das wort *mississippi*, *m i doppel s i doppel s i doppel p i*, in dieser form und in diesem rhythmus merkte er es sich. ich setzte mich an den tisch und schrieb es auf und ich sagte dabei *m i doppel s i doppel s i doppel p i*, ich konnte es mir merken, so merke auch ich es mir, immer noch. und noch heute sehe ich, wenn ich es, wenn ich die folge der buchstaben lese, einen fluss, ruhiges wasser des mississippi; die i-punkte sind wellenspitzen, niedrige.

Senthil Vasuthevan 02:09

von da an sahen buchstaben und wörter anders für mich aus. das ß wurde zu einer schwangeren frau und im wachtturm, auf dem cover steht sein name in großbuchstaben und mit bestimmtem artikel davor, und im wachtturm, im dickicht dieser zeichen, versteckte er sich, als doppelter konsonant.

in diesem namen sah und sehe ich ihn, so wie auch er mich sah und sieht.

ich habe die kreise in jedem a und o ausgemalt.

Senthil Vasuthevan 02:10

ich dachte, durch sie kann jehova mich sehen.

Valmira Surroi 02:14

In der Schule wurde das ck *Rucksack k* genannt, und nachdem wir In einem Land vor unserer Zeit gesehen hatten, fragte mich meine Schwester, ob ich sie so auf meinem Rücken tragen könne.

Valmira Surroi 02:16

Hast Du Dich manchmal gefragt, wie es gewesen wäre, wenn Deine Eltern nach Kanada hätten fliehen können?

Senthil Vasuthevan 02:18

ein teil unserer verwandten mütterlicherseits wohnt in toronto und in montreal; mein onkel, der bruder meines vaters, lebt mit seiner familie in vancouver.

als ich mich hier auf facebook angemeldet hatte und sie mir nach und nach freundschaftseinladungen schickten, dachte ich daran, während ich ihre bilder, die fotos von ihren kindern, die in unserem alter sind, ansah.

Senthil Vasuthevan 02:20

als ich in der zweiten klasse war, wollten unsere eltern nach kanada, auswandern, diesmal.

sie erzählten es uns und ich kann nicht sagen, vielleicht war es nur eine idee, *erst* eine, erst *noch* eine idee, aber wir gingen bereits auf den spielplatz, und wir begannen, abschied zu nehmen, von unseren freunden und den gegenständen, der brücke, den betonröhren, dem sandkasten.

Senthil Vasuthevan 02:21

fragst du dich manchmal, wie es gewesen wäre, wenn deine eltern nicht hätten fliehen können?

Valmira Surroi 02:24

Manchmal gebe ich hier meinen Namen in die Suchleiste ein und schaue mir die Profile an.

Es gibt drei Frauen auf Facebook, die wie ich heißen, und zwei von ihnen leben im Kosovo, ich weiß nicht, ob noch oder wieder.

Ich glaube, sie könnten in meinem Alter sein, und eine von ihnen hat Bilder aus Marokko gepostet, und die andere sitzt auf ihrem Profilfoto an einem Klavier und auf ihrem Schoß liegt ein weißer Hund.

Valmira Surroi 02:24

Einige meiner Freunde haben die Städte, aus denen ihre Eltern kamen, als ihre Heimatstadt angegeben, obwohl sie in Frankfurt, München oder Göttingen geboren wurden, und eine Valmira Surroi hat Prizren genannt, und Stockholm als ihren aktuellen Wohnort.

Wenn ich die Bilder der beiden, die im Kosovo leben, sehe, frage ich mich, ob sie vielleicht auch in diesem Augenblick in ihren Zimmern in Mitrovica und Lipjan nach ihrem Namen suchen und sich mein Profil anschauen, und vielleicht fragen sie sich, was gewesen wäre, wenn ihre Eltern hätten fliehen können.

Valmira Surroi 02:27

Sie wurden auf einigen Bildern markiert.

Valmira Surroi 02:27

Wenn ich mit dem Cursor über ihr Gesicht gehe, erscheint unser Name.

Valmira Surroi 02:28

Vor einem Jahr, als ich wieder nach ihnen suchte, fand ich eine vierte, und sie sah aus wie ich.

Irgendjemand hatte drei Bilder von mir genommen und sie für dieses Profil verwendet.

Valmira Surroi 02:29

Wenn ich mit dem Cursor über mein Gesicht ging, erschien unser Name.

Valmira Surroi 02:30

Und vielleicht hatte sie Nachrichten erhalten, die an mich gerichtet waren, vielleicht hatte ihr jemand geschrieben, der mir schreiben wollte, und wenn Du mir vor einem Jahr geschrieben hättest, hätte sie Dir vielleicht geantwortet.

Senthil Vasuthevan 02:49

es gibt zwei männer hier auf facebook, die meinen namen tragen, und ich trage ihren.

einer von ihnen ist verheiratet und hat eine tochter.

es könnte seine tochter sein.

auf dem profilbild stehen sie vor ihrem haus, es könnte ihr haus gewesen sein, der andere scheint ein geschäft zu besitzen.

ich weiß nicht, ob es ihm gehört.

ich habe versucht, den text unter dem foto mit der übersetzungsfunktion von facebook übersetzen zu lassen.

Senthil Vasuthevan 02:52
auch das, was google translate mir zeigte, blieb unverständlich.

Senthil Vasuthevan 02:55
ich weiß nicht, ob sie in meinem alter sind, ihre gesichter lassen keine rückschlüsse zu, und vielleicht liegt es auch an der sprache, die wir sprechen und die um uns gesprochen wird, dass unsere gesichter anders aussehen.

jedes wort geht durch fleisch.

jedes wort kann durch fleisch gehen.

Senthil Vasuthevan 02:58
ihre geburtsdaten sind nicht genannt oder nur für andere verborgen.

Senthil Vasuthevan 02:59

ich habe bis jetzt noch nie nach ihnen gesucht.

Valmira Surroi 03:00

Ich sehe sie.

Valmira Surroi 03:01

Meine Mutter hat lange geglaubt, dass wir irgendwann wieder zurück nach Prishtina gehen werden.

Als ich ihr davon erzählte, dass ich ein Semester im Ausland verbringen möchte, sagte sie, aber Du bist doch schon im Ausland.

Valmira Surroi 03:01

Wenn sie mit meiner Tante und meinem Onkel spricht, sagt sie, *bei uns im Kosovo, bei uns in Prishtina, bei uns zu Hause.*

Senthil Vasuthevan 03:05

meine eltern haben lange geglaubt, dass wir irgendwann wieder zurück nach jaffna gehen werden. später sagten sie, *nachdem ihr die schule abgeschlossen*, und noch später, *nachdem ihr euer studium beendet habt, werden wir gehen.*

der krieg aber endete nicht.

und sie wichen aus, erst auf kanada, dann nach indien, wo sie sich manchmal häuser anschauten, von den straßen aus, und als meine brüder nach london zogen, wollten sie dorthin.

sie wollten nachkommen.

sie wollen nachkommen.

aber sie blieben, sie bleiben und sie werden geblieben sein, bis zum ende.

und ich glaube, sie wussten es von anfang an.

Valmira Surroi 03:08

Unsere Verwandten, die im Kosovo geblieben sind, sagen, mein Albanisch sei in der Zeit stehengeblieben, sie sagen, es hätte sich seit fast zwanzig Jahren nicht mehr verändert.

Valmira Surroi 03:09

Sie sagen, ich würde sprechen, wie man damals dort gesprochen hat, als wir gegangen sind.

Albaner nennen sich *shqiptar* und Serben sagen *siptar* zu uns.

Shqiptar leitet sich von *shqiptoj* ab.

Shqitoj bedeutet *sich verständlich ausdrücken.*

Immer, wenn ich in Prishtina bin, sagen sie zu mir, dass mein Albanisch, *shqipja ime*, dass meine Sprache aus der Zeit gefallen sei, qe qjuha ime ska ece me kohen.

Valmira Surroi 03:11

Und auch diesmal werden sie es sagen.

Und sie werden recht haben.

Senthil Vasuthevan 03:12

die eigentumswohnung hätten sie nur für uns gekauft, damit wir ein zuhause haben, zu dem wir zurückkehren könnten, auch dann, wenn sie nicht mehr hier wären.

Valmira Surroi 03:12

Früher hat meine Mutter oft ein altes Lied gesungen, wenn sie dachte, sie sei allein, Oj kosov, oj nana ime, so heißt die erste Zeile des Refrains.

Wir saßen auf dem Sofa und ich zeigte ihr, wie Google Maps funktioniert, und wir gingen nach Prishtina, und von oben sahen wir die Plätze, wo ihre Schule und die Häuser ihrer Freunde früher gestanden hatten, und mit ihrem Zeigefinger berührte sie den Bildschirm.

Senthil Vasuthevan 03:14

meine eltern besitzen noch den schlüssel zu ihrem haus in jaffna.

meine mutter hatte es abgeschlossen, bevor sie ging.

es steht nicht mehr am selben ort.

Senthil Vasuthevan 03:15

wir standen am strand und meine eltern zeigten mit ihren fingern auf einen unbestimmten punkt über dem wasser. sie sagten, dort liege jaffna.

Senthil Vasuthevan 03:16

wir haben ihnen nicht gesagt, dass dort in dieser richtung nicht jaffna liegt.

Valmira Surroi 03:16

Und vielleicht wussten sie es von Anfang an.

Am Anfang schrieben wir uns alle zwei Tage, und wir wussten, dass wir nicht mehr Papier besaßen und dass wir sparsam sein sollten, auch das wussten wir. Wir ließen unsere Durchstreichungen stehen und wir schrieben darüber, darunter und auch daneben weiter, und manchmal malte sie kleine Zeichnungen über die Flecken, die ihr Füller darauf hinterlassen hatte. Früher schrieb ich immer *Ältern* statt *Eltern* und *übersätzen* statt *übersetzen*, bis Kübra kam. Ich dachte, dass über jedem Satz einer in einer anderen Sprache stehen müsse, so, wie mein Vater in den Zeitungen über jeden deutschen Satz mit einem Kugelschreiber seine albanische Bedeutung geschrieben hatte, und das dachte ich, würde *übersetzen* bedeuten, ich dachte es, bis Kübra in unser Heim kam und mit mir sprach. Ich erinnere mich daran, dass mein Vater später, als wir in unsere zweite Wohnung gezogen waren, drei- oder viermal CDs von AOL mit nach Hause brachte, vielleicht kennst Du sie, auf ihnen befand sich eine Zugangssoftware und eine begrenzte Anzahl an Freiminuten, und dass Kübra und ich sie umdrehten und an die Wände meines ersten eigenen Zimmers hängten, sie haben das Licht reflektiert. Meine Eltern wohnen immer noch dort. Immer, wenn ich bei ihnen bin, sehe ich ihre Abdrücke.

Ich hatte eine Schreibunterlage mit einer Weltkarte darauf, es gab sie jedes Jahr, bevor die Schule begann, bei Aldi. Wir beugten uns über sie, und sie sagte, hier ist Prishtina und dort liegt Izmir, siehst du, wir wurden nicht weit voneinander entfernt geboren, es liegen nur ein oder zwei Zentimeter zwischen uns, wir könnten Schwestern sein, und ihre Finger berührten beide Städte. Als wir noch im Heim wohnten, schauten wir zusammen Die Sendung mit der Maus, und ich dachte, ihre Augen würden ein ähnliches Geräusch erzeugen. Kübra war fast zwei Jahre älter als ich. Ich schrieb erst mit Bleistift und dann mit dem Füller darüber, und wenn ich mich vorher verschrieben hatte, konnte ich es noch ausradieren, ich habe nur schwach aufgedrückt. Als ich in meinem Zimmer die CDs und Poster von den Wänden genommen hatte, sah ich, dass die Stellen darunter heller waren als der Rest der Wand. Es gab für den Briefkasten einen Schlüssel, mein Vater hat ihn an seinem Bund getragen, und wenn ich nach Hause kam, habe ich die Klappe geöffnet und versucht, die Umschläge herauszuholen, vielleicht hatte sie mir schon geantwortet. Wenn sie horizontal lagen, nahm ich einen Stift, und mit ihm drückte ich den Brief gegen die Innenwand des Kastens, und so schob ich ihn langsam nach oben, bis ich ihn berühren oder den Absender oder Empfänger darauf lesen konnte, ihre Buchstaben waren gleichmäßig, daran konnte ich sie erkennen. Die Schrift, in der die Verse an den Wänden im Ixthys geschrieben worden waren, hat mich an sie erinnert. Manche Wörter in ihren Briefen schrieb sie in Großbuchstaben, und einige Sätze schienen mit einem Lineal unterstrichen worden zu sein, so gerade waren die Linien. Mit Kübra habe ich das erste Mal Verstecken gespielt. Sie sagte, es gibt das *Haus*, in dem wir sicher sind, und wenn sie mich sieht und berührt, hätte ich verloren. In dem Heim, in dem sie davor untergebracht waren, hätten sie auch *Mal* dazu gesagt. Ich hielt mir die Hände vor die Augen und drückte ihre Rücken gegen die Wand, als ich zählte. Später gingen wir zusammen in die Stadtbibliothek, und wenn sie über Nacht blieb, lasen wir meiner Schwester zusammen aus Harry Potter vor. Als wir unseren ersten Computer bekamen, schrieben wir unsere Namen in verschiedenen Schriftarten und in unterschiedlichen Größen in Word, und mit Paint malten wir Kreise und Linien und Drei- und Vierecke, und die Klappe und der Einwurfspalt schnitten sich in meine Gelenke.

Valmira Surroi 03:42

Ich erinnere mich, ich hatte lange versucht, die Unterschrift meiner Eltern zu fälschen, und als ich den Zettel mit der Erklärung darauf den Wachmännern gab, schickten sie mich wieder zurück, das sei eine Kinderschrift, sagten sie, aber in einer Nacht schnitt jemand die Öffnung in den Zaun, durch die ich mit Afrim und meiner Schwester ging, und auch mit Kübra kam ich hier durch. Im Kunstunterricht durften wir Musik hören. Neben dem Pult stand ein Tisch mit einem tragbaren CD-Player darauf, und daneben lagen übereinandergestapelt Bildbände und Ausstellungskataloge. Manchmal ging ich nach vorne und blätterte in ihnen, und lange sah ich mir die Letter of Resignation von Cy Twombly an, nach einer Zeit sagte unser Lehrer, ich könne ihn mit nach Hause nehmen, ich dürfe ihn mir ausleihen. Kübra und ich lagen auf meinem Bett, und lange haben wir versucht, die Zeichnungen nachzuzeichnen, sie sagte, es sei, als würden wir die Unterschrift unserer Eltern fälschen, ich solle genau auf die Linienführung achten. Sie wollte Anwältin werden. Ich wusste nicht, dass auch ein Teil eines Stiftes *Mine* genannt wird. Sie führte den Kugelschreiber an ihren Mund und für einen Augenblick dachte ich, sie würde mit ihm ihre Zunge berühren, aber sie hauchte ihn an, und sie schrieb weiter.

Valmira Surroi 03:54

Bevor sie, ihre zwei Geschwister und ihre Mutter in eine andere Stadt zogen, fuhren mein Onkel und meine Tante mit uns nach München zu den Bavaria Filmstudios. Wir durften uns auf Fuchur setzen, und auf einem Bildschirm hinter uns konnten wir sehen, wie wir über verschneite Gebirge flogen, wir bewegten uns nicht. Sie wohnte eine Stunde von uns entfernt und wir haben uns jede Woche geschrieben. Sie kam zu Besuch und in der Videothek liehen wir uns Armageddon aus. Ich erinnere mich daran, dass wir einmal im Heim eine Folge der Schlümpfe gesehen hatten, in der einer von ihnen ins All fliegen wollte, und sie bauten eine Rakete mit beweglicher Kulisse, auf der sie den Himmel und Sterne malten, und mit verbundenen Augen brachten sie ihn in das Cockpit, aus dem Fenster sah es aus, als würden sie sich bewegen, und lange Zeit glaubte ich, dass es so sei, dass wir immer am selben Ort bleiben und uns nicht bewegen können. Sie hätten sie in der Nacht geholt. Sie hätten sie geholt, das hat Tante Elisabeth am nächsten Morgen zu mir gesagt, nach sieben Jahren hätten sie Kübra, ihre zwei Geschwister und ihre Mutter um drei Uhr nachts geholt, alles mussten sie hier zurücklassen. Sie hatten keine Zeit. Ich besaß keine Adresse von ihr, aber ich wusste, dass sie meine kannte, und ich wartete.

Valmira Surroi 04:10

Als ich mich hier angemeldet habe, war ihr Name der erste, den ich suchte.

Ich schaute mir jedes Profil an, und zwei- oder dreimal dachte ich, dass sie es vielleicht sein könnte, aber sie war es nicht, dass wusste ich nach einigen Minuten.

Valmira Surroi 04:11

Ich wollte ihnen schreiben, aber ich habe es nicht.

Valmira Surroi 04:11

Es war ein Montag im September.

Sie hatten am Abend ihre Schultaschen gepackt.

Valmira Surroi 04:13

Sie wohnt in Izmir, und ich glaube, sie hat zwei Kinder, eine Tochter und einen Sohn.

Unter ihrem Foto stehen keine Namen

Valmira Surroi 04:14

Ich wollte ihr schreiben, aber ich wusste nicht, was.

Und auch sie hat mir nichts geschrieben.

Senthil Vasuthevan 04:23

im religionsunterricht sollte jeder einen absatz lesen. ihre passage war lang, und unser lehrer sagte, ich solle ab der mitte fortfahren; ich dachte, es sei ein zeichen. ich dachte, dieser absatz – und das *absatz* beides bedeutet, einen textabschnitt sowie das abschneiden des textes, habe ich damals noch nicht verstanden, so wie ich noch nicht verstand, dass *abriss* eine zusammenfassung und zerstörung oder *auszug* ein exzerpt und ein exodus bedeuten –, ich dachte, dieser absatz gehöre uns. sie hieß leonie. sie war in meiner parallelklasse. im jahresbericht schaute ich ihr klassenfoto an, abends und lange vertiefte ich mich in die unschärfe ihres gesichts, bis es nur noch aus einer gruppe weißer und schwarzer punkte bestand; wenn ich es gegen das licht hielt, konnte ich unseres auf der seite davor durchsehen; unsere gesichter lagen nicht aufeinander.

Senthil Vasuthevan 04:34

wir durften nicht mit mädchen sprechen. als wir einen internetanschluss bekamen, durften wir jede woche zwanzig minuten online gehen, aber wir kannten das passwort, es bestand aus den vornamen unserer eltern, aus beiden, nacheinander und ohne leerzeichen. ich erinnere mich an das einwahlgeräusch des sechsundfünfzig k modems. später, als sie es herausgefunden hatten, versteckten sie die tastatur, wenn sie zur arbeit gingen. ihre mutter war apothekerin. sie hat nirvana gehört. wir mussten ein schriftpaket herunterladen; word konnte tamil nicht darstellen, und anstelle dieser zeichen waren kästen, leere vierecke neben leeren vierecken, leere vierecke über leeren vierecken, leere vierecke unter leeren vierecken zu sehen, verstreut über die ganze seite, über den gekrümmten monitor, über zoll. unter dem keyboard klebte mein vater auf dem schreibtisch die anordnung der tamilischen zeichen auf, und auf jeder taste lagen zwei von ihnen neben und unter einem buchstaben, und sie erschienen, sobald unsere eltern sie berührten; sie erschienen in einem dokument. wenn sie schrieben, haben sie das keyboard ein paar zentimeter nach oben geschoben. sie mussten es. wenn ein name von einer schrift in eine andere flieht, was geschieht mit ihm? ist er noch derselbe? sie mussten den aufkleber sehen. wenn ein name von einer sprache in eine andere flieht, wenn er von einer aussprache in eine andere geht, was geschieht mit ihm? ist er noch derselbe? sie mussten wissen, worauf sie ihre finger legen. wenn wir schrieben, schoben wir die tastatur wieder zurück über die anordnung der tamilischen zeichen. wenn ich mich vorstelle, ist das *s* nicht stimmhaft und das *t* hart. so habe ich charlotte geschrieben.

Senthil Vasuthevan 04:40

ich stand im müller und hörte in utero und bleach. konstantin spielte schlagzeug und im keller seiner familie war unser erster proberaum. er sagte, ich solle mich anders hinstellen, und ich stellte mich anders hin; so, dass keine verkäufer uns sehen konnte. ich trug den eastpak und er legte die alben hinein. es fiel nicht auf. wir fuhren mit dem rad oder mit dem zug in die nachbarstädte, in denen es andere müller gab. wir fielen nicht auf. es hieß, dass die musik, die wir spielten, teuflisch sei. zeugen jehovas nennen alles außerhalb ihrer gemeinschaft das *gegenwärtige system der dinge*. zeugen jehovas dürfen harry potter nicht lesen. zeugen jehovas glauben, ac/dc sei ein code für *anti-christ/dead-christ*. zeugen jehovas durften jumanji nicht anschauen. der kontakt mit diesen dingen, mit diesem system der dinge, musste abgebrochen werden. als kind glaubte ich, dass das wort *untersagen* heißt, dass man unter dem sagen spricht, unter dem, was sagbar ist, und ich verstand nicht, wie *versprechen* beides sein konnte, eine zuverlässige sowie unzuverlässige rede, und dass *einstellen* ein anfangen und ein enden bedeuten konnte, auch das begriff ich nicht. als mein vater mich fragte, was wir spielen würden, gab ich ihm liquid sunshine von keziah jones und travelling without moving, das dritte album von jamiroquai; wir haben weder keziah jones noch jamiroquai gespielt; er glaubte mir. in den videospielarkaden in chennai gab es motorräder, auf denen wir saßen, und auf dem bildschirm bewegte sich nur die zweidimensionale fläche des hintergrunds; wir bewegten uns nicht. konstantin und ich nahmen einen zug nach nürnberg. wir fielen auf.

Senthil Vasuthevan 04:54

wir wurden zu zwanzig stunden gemeinnütziger arbeit verurteilt. als mein vater vor der verhandlung das auto auf dem parkplatz des gerichts stellte, sagte meine mutter, nachdem sie ausgestiegen war, und die tür, die beifahrertür hatte sie noch nicht geschlossen, *so weit sind wir deinetwegen gekommen, dass wir diesen boden hier mit unseren füßen berühren,* und sie sagte es nicht auf deutsch. als die sozialarbeiterin uns vor der verhandlung zu einem gespräch besuchte, stand mein vater an der heizung im wohnzimmer angelehnt, wir saßen auf der couch, und sie fragte mich, welcher religion ich angehöre, in dem augenblick, als er in der küche tee aufsetzte; ich sagte, wir seien hindus. ich sagte es leise. ich sagte es schnell. sie schrieb es auf. ich putzte die räume des roten kreuzes, an zwei wochenenden, zwanzig stunden lang. an dem tag, an dem ich zum ersten mal eine mail, die ich geschrieben hatte, zurückgeschickt bekam und mailer-daemon mir mitteilte, dass die zustellung nicht möglich sei, der teilnehmer existiere nicht and the following address failed, sagte ich leise jehovas namen tagelang; ich dachte, es sei ein zeichen. als ich nach dem umzug meine bücher in das regal einräumte, war cihans zettel verschwunden. er musste auf dem weg nach berlin verlorengegangen sein. ich versprach meinen eltern, dass konstantin die band verlassen würde, und er hat sie nicht verlassen.

Senthil Vasuthevan 04:54

mein jüngerer bruder und ich sammelten früher flugzeuge. wir kannten die namen der größten flughäfen und die namen der triebwerke von passagiermaschinen; wir kannten sie auswendig. am boden standen wir und sahen mit den zeigefingern in den himmel, und an den kondensstreifen versuchten wir die modelle abzulesen. wir hatten sie auf listen geschrieben. ich habe meinen freunden erzählt, ich sei in einem airbus von aeroflot geboren worden, so oft, bis ich es glaubte. manchmal saßen wir einander gegenüber und jeder zeichnete auf einem blatt papier das logo einer airline, mit unserer rechten hand, mit der linken schirmten wir ab, und wir tauschten die blätter; mein bruder kannte sie, er erkannte sie immer; er sammelte die kleinen coca cola dosen nach jedem flug. sie standen in seinem regal, ungeöffnet.

Senthil Vasuthevan 04:54

in der delta airlines maschine nach new york fiel mir auf, dass das delta wie ein nach links zeigender cursor aussah; ich dachte früher, cursor würde sich von *to curse* ableiten. ich dachte früher, dass *flight* nur flug bedeutet. wir spielten flugsimulatoren und wir flogen die maschinen in gebäude. ich dachte früher, dass babel ein ort gewesen sein muss, entweder wie ein flughafen oder ein asyllandheim. konstantins mutter kam in den proberaum, ich erinnere mich, wir hatten versucht, something in the way zu spielen, aber vielleicht war es auch israel's son von silverchair oder all the footprints you've ever left and the fear expecting ahead von envy, ich erinnere mich nicht, vielleicht, sie kam und reichte ihm das telefon. sie hatte die nachrichten noch nicht gehört. es war der erste schultag in diesem jahr, ein dienstag. ein freund sagte, wir sollten den fernseher einschalten, jetzt. wenn wir, wenn bartholomäus und ich predigten, fragte er mich manchmal, wen ich nach harmagedon kennenlernen möchte, und ich sagte, abraham. wenn wir predigten, fragte er mich manchmal, in welchem haus ich nach harmagedon wohnen möchte, und wir schauten sie uns von der straße aus an, und wenn die tür geschlossen blieb, legte ich einen wachtturm auf die schwelle. würde unsere mutter gerettet werden? würde jehova uns retten? ich dachte, die zeit sei gekommen, als das zweite flugzeug in den südturm flog; ich dachte, sie ist zu ende. das ist unsere strafe, das dachte ich. ich dachte, das ist erst der anfang.

Senthil Vasuthevan 04:59
haben wir noch zeit?

Valmira Surroi 05:00
Um 7 Uhr fährt der Bus zum Bahnhof.

Valmira Surroi 05:00
Wir haben noch zwei Stunden.

Senthil Vasuthevan 05:00
wir haben keine zeit mehr.

Valmira Surroi 05:01
Wir sind am Ende angekommen.

Wir kommen. Wir saßen in einem Zug. Wir saßen in einem Abteil, meine Mutter neben mir, und mein Vater saß uns gegenüber. Ich weiß nicht, wo wir eingestiegen sind. Ich wusste nicht, wohin wir fuhren, und in meinen Händen lagen die Orangenschalen, und sie waren weich. Ich erinnere mich nicht. Ich kann mich nicht daran erinnern, ob meine Eltern die Tür zuzogen, bevor wir gingen. Meine Mutter hatte eine kleine Tasche dabei und sie gab mir eine Orange, daran kann ich mich erinnern, ich erinnere mich, wie sie in meiner Hand lag, sie war groß, unser Schlüssel hängt immer noch am Bund meines Vaters. Ich schaute aus dem Fenster und ich habe Schnee gesehen, so weit meine Augen reichten, ich sah die Spiegelung meines Gesichts. Ich hauchte dagegen, und in den Atemfleck schrieb ich meinen Namen. Das Glas war kühl und aus der Abdichtung kam Luft heraus, meine Mutter hat es mir erzählt, das und dass sie mir die Orange gab, ist alles, was sie mir über unsere Flucht erzählt hat, und es sind nur einzelne Bilder geblieben, von einem Bus und einem Feld und von Wäldern, es war kalt. Ich werde sie nicht fragen. Ich habe meine Zunge an meinem Gaumen gerieben. Ich habe meine Nägel in meine Fingerkuppen gedrückt. Wir kamen an einem Bahnhof an und er war leer. Ich erinnere mich an den Wald und dass meine Augen sich an die Dunkelheit gewöhnten, und als wir in ein Taxi stiegen und an den Häusern, die nicht zerstört und deren Fenster nicht zerschlagen waren und hinter denen Licht brannte, vorbei zu dem Wald, in dem unser Heim lag, fuhren, wusste ich, dass sie sich auch an diesen gewöhnen würden, hinter den Fenstern brannte Licht. Ich weiß nicht, ob es so war. Ich weiß nicht, ob wir vorher einige Tage in einem anderen Heim untergebracht waren. Ich weiß nicht, ob irgendetwas, an das ich mich erinnern kann und das ich Dir in den vergangenen sieben Tagen geschrieben habe, so war oder so gewesen sein könnte, wie ich es Dir geschrieben habe, aber so erinnere ich mich. So kamen wir an.

Senthil Vasuthevan 05:30

wir gehen. meine mutter soll die tür und das tor abgeschlossen haben, zwei kinder und einen roten koffer in ihrer hand; sie besitzt ihn immer noch, er steht in einem schrank in ihrem keller. unser vater hatte sie und ihre kinder bereits verlassen; im siebten oder achten monat könnte sie schwanger gewesen sein. mein älterer bruder war vier jahre und achtzehn tage alt, ich fünf monate, als sie den bus nach colombo nahm, nachts. meine tante, die schwester meines vaters, trug den koffer zur station, in dem saris lagen, in dem saris gelegen haben sollen, drei oder vier, neben den sachen, die kinder anziehen und brauchten, in diesem alter. ich weiß nicht, ob sie diese saris noch besitzt, aber auf einem bild, das kurz nach ihrer ankunft in einem heim, im ersten, im anfang aufgenommen wurde, hatte sie einen an, ich habe es gesehen, damals und jahrzehnte später mit meinen eigenen augen; wir haben keine erinnerung, ich habe keine erinnerungen. mein vater soll ihr ein paket zuvor geschickt haben mit bekleidung für den winter, für sie und uns, und auch das lag in diesem koffer. diese kälte habe sie sich nicht vorstellen können. die sprache, in der unsere eltern flohen, ist nicht die, in der ich dir schreibe, und es wird nicht dieselbe geschichte gewesen sein, wenn ich darüber spreche. das haus, das meine mutter putzte, ich habe dir davon erzählt, wir saßen in dieser wanne, lag auf unserem schulweg; ich bin zwei straßen vorher abgebogen, wenn ich wusste, dass sie dort mittags arbeitete, und ich mit freunden nach hause lief. als leonie mich fragte, ob die frau, die ihre mutter in ihrer apotheke eingestellt hatte, meine mutter sei, sagte ich, ich würde diese frau nicht kennen. sie fuhr, nachts, vom norden der insel richtung westküste, richtung hauptstadt. die portugiesen, die sri lanka als erste kolonialisierten, gaben ihr den namen *kolamba*; *kolamba* ist singhalesisch und bedeutet *hafen.*

Valmira Surroi 05:52

Wir kommen. Wir saßen auf dem Boden, bis jemand eine Tür zu einem Raum öffnete, in dem zwei Stockbetten standen, das Licht war grell. Mein Vater musste in einem anderen Zimmer schlafen, und einmal sagte er, ich hätte während dieser Zeit, als wir hierher nach Deutschland kamen und durch Felder und Wälder gekommen sein sollen, immer an den Orangenschalen gerochen, zwei Monate lang hätte ich kein Wort gesagt und kaum etwas gegessen. Meine Eltern hatten sich in einem Café gesehen. Mein Vater war saß neben axha Granit. Er sagte, er wisse, dass es oft vorkommen würde, dass Briefe und Telegramme aus den Lagern verloren gingen, er sagte, er hätte es gehört. Meine Eltern warteten. Sie warteten auf irgendeine Nachricht, sie warten immer noch. Er sagt, keiner habe ihn und tezja Jehone gesehen, und wenn jemand sie gesehen haben sollte, sagen sie es nicht, oder sie können es nicht mehr sagen. Es gab keine Spur von ihnen. Von ihnen gab es kein Zeichen. Mein Vater schaute während der Fahrt aus dem Fenster, und bevor wir aus dem Bus stiegen, sagte er, zu Allah gehören wir nicht und zu ihm kehren wir auch nicht heim. Mein Vater schlief eine Etage unter uns, und als meine Mutter vor dem Bett stand, hat sie die Flecken und Brandspuren von Zigaretten auf der Matratze gesehen, es gab kein Laken, auf dem Bett neben uns schlief eine Frau neben ihren beiden Kindern. Wir waren leise. Wir waren leise und meine Mutter hat ihre Jacke ausgezogen und sie auf der Matratze ausgebreitet, sie sagte, es ist spät. Es gibt das Café nicht mehr, aber Eliona und ich konnten ein Foto davon über Google finden, es gab nur ein Foto, wir fanden es nach drei oder vier Stunden. Ich erinnere mich daran, dass ich im Wohnzimmer meiner Tante und meines Onkels saß und im Fernseher David Copperfield gesehen habe, ich glaube, es war an einem Sonntag. Er ging in das Publikum und er zeigte mit seinem Finger auf Zuschauer, und die, die er auswählte, sollten in einen Glaskasten gehen, er warf ein Tuch über sie. Auf einem Bildschirm war im Hintergrund ein Strand und ein Meer und ein Himmel zu sehen, und nachdem er etwas gesagt hatte, zog er das Tuch an der Seite weg, und die Menschen darunter waren verschwunden. Auf dem Strand stand ein ähnlicher Kasten und nach einigen Sekunden sagte er, dass sie das Tuch heben sollten, und die Zuschauer, die gerade noch in seinem Studio waren, liefen in das Wasser. Ich schlug das Telefonbuch auf und ich suchte nach seinem Namen und seiner Nummer. Ich dachte, vielleicht könnte er uns oder wenigstens meine Eltern zu seiner nächsten Sendung einladen und meine Eltern so zurück nach Hause bringen, und ich dachte es, obwohl ich damals schon wissen sollte, dass es kein Zuhause gab. Und ich wusste, wir müssen ankommen.

Senthil Vasuthevan 06:18

wir gehen. meine mutter soll um sechs uhr in colombo angekommen sein, morgens. sie kannte die stadt, sie hatte sie besucht, vor jahren, ihre schwester, die mutter meines cousins, der in oslo lebt, in ihrem haus, in dem wir während seiner hochzeit wohnten, fünfzehn jahre später, neunzehnhundertsechsundneunzig, sie hatte sie besucht, bevor sie meinen vater heiratete. er soll sie gesehen haben, als sie auf dem weg war zu ihrem college. sie wohnten in derselben stadt. sie durften sich nicht sehen. sie begannen, briefe zu schreiben, verschlüsselte, und mein vater unterzeichnete sie mit dem namen eines mädchens, dem, bei dem mich meine mutter rief, bis ich drei jahre alt war. ich kann mich nicht mehr an ihn erinnern.

ich erinnere mich nicht an das ereignis, aber an die erzählungen von diesem ereignis erinnere ich mich, und wenn ich es erzähle, wenn ich es dir wiedergebe, gebe ich dir die spuren, die ich verwische, die letzten spuren, ich gebe dir nichts, und auch mir werden meine eltern nicht vergeben haben; wenn ich von ihnen, von jedem einzelnen, von dem ich dir in unseren ersten und letzten tagen erzählt habe, schreibe, verrate ich sie. und wenn ich von dir einmal sprechen sollte, werde ich auch dich verraten. ihre briefe liegen heute in dem koffer, in einem schrank, im keller. ich könnte sie nicht lesen. meine sprache bewahrt nichts. kein zeichen der versprochenen erlösung ist zu entdecken. an dem tag, an dem ich wegging, von meinen eltern, von ihrer sprache, aber nicht von meinem namen, an dem tag, an dem ich sie verließ in einer nacht, in der ich keinen namen rief und in der keiner meinen in mich hineingerufen hatte, stunden bevor ich es ihnen sagte, stürzte meine mutter im bad, während sie es putzte, und eine lache lag neben ihr. sie sagte, sie wusste, dass ich sie verlassen werde, in den sekunden, in denen ich vor ihr stand und zögerte. in meinem eastpak lagen keine alben mehr, nur bilder, alle bilder, die ich dir gezeigt habe; ich habe sie mit meinem handy fotografiert, bevor ich sie letzten dezember meinen eltern zurückgab. das foto, auf dem mein bruder und ich neben schwester katharina saßen, hatte unsere mutter ihren eltern geschickt, und ungeöffnet soll sie den brief zurückgeschickt bekommen haben. meine mutter hatte ihre hochzeitskette verkauft, um die tickets bezahlen zu können. der onkel meines vaters holte sie an der busstation ab, um sechs uhr, morgens, dreizehn stunden vor unserem flug, siebzehn uhr, aeroflot vom katunayake airport zum flughafen wnukowo. *flight*, noun: the act of flying; the act of fleeing.

Valmira Surroi 06:45

Wir kamen. Der Zaun um unser Heim war früher mit Strom gesichert, und oben war Stacheldraht, früher dachte ich, er sei da, um uns zu schützen. Es gab eine Tür, die die Wachmänner mit einem Knopf öffneten, so kamen wir herein, und auch wenn sie unsere Gesichter kannten, haben wir unseren Ausweis vorlegen müssen, bevor die zweite Tür geöffnet wurde. Am nächsten Morgen klopften sie und weckten uns. Mein Vater stand bereits in dem Raum und wurde fotografiert. Der Heimausweis ist laminiert, und unter seiner Unterschrift stehen sein Nachname, sein Vorname, sein Geburtsdatum, seine Nationaliät und seine Nummer, und darüber, oben rechts an der Ecke seines Bildes und in der Mitte des Heimnamens, ist ein Stempel zu sehen, und er sah anders aus als der auf den Briefmarken. Du weißt, dass Adnan ein Sohn Ismails war. Am Montag, als ich im Seminar saß und er uns vorgestellt wurde, dachte ich, dass auch mein Vater hier neben ihm sitzen und zu uns hätte sprechen können. Ich habe meinen schon lange verloren, und seiner liegt vorne in meinem Portemonnaie. Meine Mutter besitzt nicht mehr die Jacke, die sie über die Flecken gelegt hat und auf der ich geschlafen habe. Hier, hier an diesem Ort, habe ich Kübra gesehen, und als ein Jahr, nachdem ich keine Antwort von ihr erhalten hatte, vergangen war, stand ich auf der Straße vor unserem Haus und habe ihre Briefe zerrissen, und der Wind hat die Fetzen zu mir zurückgetragen, und sie verhingen sich in der Wolle meines Pullovers. Ich fügte sie wieder zusammen und klebte sie auf Papier. Hier, hier an diesem Ort wurde meine Schwester geboren. Hier, hier an diesem Ort haben wir zu sprechen begonnen. Wir sind am Anfang angekommen, und keiner von uns wird hierbleiben. Und mit Deiner wärmeren Hand auf meiner Stirn wusste ich, ich wusste, jetzt würde ich gehen, und ich würde warten.

Senthil Vasuthevan 07:16

wir gehen. sie wartete in einer schlange. auf ihrem pass musste mein name noch eingetragen werden. sie wartete. wenn der onkel meines vater, ich kenne nicht seinen namen, und ich weiß auch nicht, was aus ihm geworden und wo er geblieben ist, den vorgesetzten des beamten, der sich geweigert hat, meinen namen einzutragen, nachdem er ihren tamilischen gelesen und den punkt auf ihrer stirn gesehen hatte, nicht gekannt hätte, wüsste ich nicht, was aus uns geworden und wo wir geblieben wären; ich hätte diese frage nicht stellen können, nicht auf deutsch. nah sind wir, herr, nahe und greifbar. er hatte ihren pass vor ihre füße geworfen und nachdem sein vorgesetzter ihn in sein büro gerufen hatte, musste er meinen namen vor ihm eintragen, vor ihren augen. *senthil* ist einer der namen murugans, sohn shivas, gott des krieges und des sieges; er wird auch *tamil katavul* genannt, *gott der tamilen*. so nannte sie mich. es war blut, es war, was du vergossen, herr. mein name war ein versprechen. der beamte sagte kein wort. wir durften gehen. wir gehen. sie wartete am gate. eine gruppe junger männer fragte sie, ob sie nach berlin wolle, ob sie auch nach berlin wolle, und sie sollen mit meinem älteren bruder gespielt haben, während ich auf ihrem schoß schlief. sie nannten unsere mutter *akka*, du weißt, wie man diesen namen ausspricht, deine schwester würde dich so rufen. der anschlussflug von moskau nach schönefeld wurde um fünfzehn stunden verschoben. bete, herr, bete zu uns, wir sind nah. es war november, als wir ankamen. sie sagte, sie hätte schnee noch nie zuvor gesehen. als ich heute an der friedrichstraße war, dachte ich zum ersten mal, dass wir hier waren, vor neunundzwanzig jahren, dass diese steine uns und wir sie gesehen hatten; wenn asylsuchende die grenzsperre am bahnhof passierten, konnten sie weiter in den westen. als ich sonntag nach der tagung nach hause kam, schaute ich the believer, es dauerte, bis ich eine version fand, in der bild und ton nicht verschoben waren, und in einer szene, zur mitte hin, als daniel balint im religionsunterricht zu seinem lehrer sagte, dass ismail und nicht isaak abrahams erstgeborener war und dass er ihn in dem augenblick tötete, in dem er das messer hob, hätte ich an deinen vater gedacht, wenn ich seinen namen gekannt hätte; er sagte *god* und sein lehrer sagte *hashem*. es war blut, es war, was du vergossen, herr. es glänzte. es warf uns dein bild in die augen. sie erwartete meinen vater am bahnhof zoo. sie wartete. augen und mund stehen offen und leer, herr. sie wartete mehrere stunden, am gleis, in einem sari, in der kälte, sie wartete und wir haben getrunken herr, das blut und das bild, das im blut war, herr. nach stunden konnte sie ihn erreichen. die telefonleitung in seinem heim in oberfranken war getrennt worden; er sei aufgehalten worden, als er das heim verlassen und sie abholen wollte, *residenzpflicht* war eines der ersten deutschen wörter, die mein vater lernte. er musste bleiben. wir warteten auf ihn. bete, herr, wir sind nicht nah. bis zur äußersten bedeutung müssen wir gehen und es wird nicht weit genug gewesen sein. wir gehen.